Stefanie Proske (Hg.)

Den Fröhlichen gehört die Welt, die Sonne und das Himmelszelt

Stefanie Proske (Hg.)

Den Fröhlichen gehört die Welt, die Sonne und das Himmelszelt

Ein Vorlesebuch

Kaufmann Verlag

Bibliografische Information der Deutschen Bibliothek

Die Deutsche Bibliothek verzeichnet diese Publikation in der Deutschen Nationalbibliografie; detaillierte bibliografische Daten sind im Internet über http://dnb.ddb.de abrufbar.

1. Auflage 2016

Coverabbildung: © Sviatoslav Khomiakov, Fotolia.com
Druck und Bindung: CPI books, Ulm

ISBN 978-3-7806-3176-3

Inhaltsverzeichnis

Wer je gelebt in Liebesarmen, der kann im Leben nicht verarmen

Jedem Tierchen sein Pläsierchen

Nur eine Mutter weiß allein, was lieben heißt und glücklich sein

Sommer, Sonne, Heiterkeit

Wo Glaube, da Liebe, wo Liebe, da Friede

Ein Wort zuvor

Bestimmt kennen Sie den Dalai Lama und haben ihn schon einmal bei einem seiner Auftritte gesehen: Ob Begegnungen mit einem Staatsoberhaupt oder mit Menschen wie du und ich – immer begrüßt er sein Gegenüber mit einem herzhaften Lachen, einer kräftigen Umarmung und stets erzählt er irgendwann, so wird berichtet, einen Witz.

Wie ungewöhnlich, immerhin ist er Seine Heiligkeit. Müsste er in dieser Position nicht ernst, würdevoll und erhaben durchs Leben gehen? Zumal sein Lebensweg bestimmt kein leichter war: 1935 als Bauernkind in Tibet geboren, wurde er im Alter von fünf Jahren zum 14. Dalai Lama erklärt. Er musste seine Familie verlassen, wurde in einem Kloster aufgezogen und auf seine zukünftigen Aufgaben vorbereitet. Mit fünfzehn Jahren wurde er gleichzeitig zum politischen Oberhaupt der tibetischen Regierung.

1959 musste er aus seiner Heimat fliehen, nachdem die Befreiungsarmee Chinas das Land besetzt und einen Volksaufstand brutal niedergeschlagen hatte. Bis heute konnte er nicht wieder dorthin zurückkehren. Er selbst sagt dazu: „Wenn man mit sechzehn sein Land verliert und mit vierundzwanzig zum Flüchtling wird wie ich, bringt das Leben eine ganze Menge Schwierigkeiten mit sich.“

Trotzdem hat er das Lachen nicht verlernt. Im Gegenteil: Dieser Mann ist für mich der Inbegriff eines fröhlichen und gelösten Menschen. Wie kann das sein?

Dazu gibt er uns folgende Leitsätze an die Hand:

„Auch wenn wir leidvolle Situationen nicht vermeiden können, so können wir doch unsere Reaktion darauf verändern."

„Begegnen wir Problemen voller Hoffnung und Optimismus, lassen sie sich begrenzen."

„Freude ist die Fähigkeit, in der wir uns üben sollten."

Nicht das Grübeln, nicht die Schwarzmalerei und auch nicht das Hadern mit dem Schicksal sind es also, die uns weiterhelfen, wenn wir mit Problemen konfrontiert sind. Nein, das genaue Gegenteil ist gefragt, auch wenn es erst einmal schwerfallen mag: das Annehmen, das besonnene Handeln und in vielen Fällen auch ein Lächeln.

Bei der Auswahl der Texte für dieses Vorlesebuch habe ich mich genau von dieser Philosophie leiten lassen: Sie werden darin zum einen Gedichte und Erzählungen finden, die aus dem Leben gegriffen sind, auf humorvolle Weise von Alltagssituationen berichten, die wir so oder so ähnlich schon alle einmal erlebt haben, und Sie zum Lachen bringen sollen.

Zum anderen habe ich Weisheitsgeschichten und Legenden aus aller Welt zusammengetragen, die uns vor Augen führen, wie schnell wir uns oft von Kleinigkeiten entmutigen lassen oder uns das Leben unnötig schwer machen. Wie oft würden in diesen Situationen ein wenig mehr Leichtigkeit und das eine oder andere Lächeln weiterhelfen!

Ob Sie das Buch nun allein oder in größerer Runde lesen – ich wünsche Ihnen eine vergnügliche Lektüre, die Sie zumindest schmunzeln oder im besten Falle lauthals lachen lässt. Denn Sie wissen ja: Den Fröhlichen gehört die Welt …

Stefanie Proske

Mach es wie die Sonnenuhr, zähl die heiteren Stunden nur

Ein Vogel

Es sitzt ein Vogel auf dem Leim,
Er flattert sehr und kann nicht heim.
Ein schwarzer Kater schleicht herzu,
Die Krallen scharf, die Augen gluh.
Am Baum hinauf und immer höher
Kommt er dem armen Vogel näher.

Der Vogel denkt: Weil das so ist
Und weil mich doch der Kater frisst,
So will ich keine Zeit verlieren,
Will noch ein wenig quinquilieren
Und lustig pfeifen wie zuvor.
Der Vogel, scheint mir, hat Humor.

Wilhelm Busch

Auch das geht vorüber

In einem großen Land weit jenseits des Meeres lebte einst ein mächtiger König. In den langen Jahren seiner Regierung verwandelte sich das ehemals arme Land in ein blühendes Reich.

In den Straßen der Dörfer und Städte herrschte lebhafte Geschäftigkeit. Zufriedene, gesunde Menschen gingen ihrer Arbeit nach und genossen ihr Leben. Die Städte und Häuser strahlten Geborgenheit aus und die üppigen Gärten waren voller Früchte und großer Bäume, in deren Schatten die Menschen ruhten und ihre Feste feierten.

Und so kam es, dass man den König mehr und mehr als einen großen Herrscher und weisen Führer verehrte. Aber der König selbst wurde immer unzufriedener. Voller Unruhe erledigte er jetzt seine Pflichten und immer öfter schweiften seine Gedanken ab oder er verirrte sich im Labyrinth seiner Gefühle.

Er schwankte zwischen zufriedener Geschäftigkeit und verzweifelter Sorge um die Zukunft, ohne dass er hätte sagen können, was diese widersprüchlichen Gefühle auslöste. All seine Macht konnte nicht verhindern, dass er seinen Gefühlsschwankungen hilflos ausgesetzt war. Er begann sich vor Krankheit und Einsamkeit zu fürchten und Gedanken an den Tod ließen ihn nachts nicht mehr schlafen. Und war er an manchen Tagen glücklich und von einer Aufgabe erfüllt, dauerte es nicht lange und seine Gefühle schlugen wieder um. Er hatte einfach keine Kontrolle über sie.

Schließlich rief er die weisesten Männer und Frauen seines Landes zusammen.

„Hört", sagte er, „ich suche nach einer Medizin, die mich an die Lebenslust erinnert, wenn ich traurig bin und die Welt ohne Glanz und Musik ist. Und gleichzeitig soll sie bewirken, dass ich mich an Vergänglichkeit und Tod erinnere, wenn das Leben am schönsten ist. Ich will nicht mehr länger Spielball meiner Gefühle sein. Findet den Schlüssel, der mich gelassen und ruhig macht."

Die Weisen berieten sich viele Tage und Nächte, doch sie fanden kein Mittel, keine Arznei, keine Weisheit, die dem Wunsch des Königs gerecht werden konnte.

Schließlich schickten sie einen Boten zu einem heiligen Einsiedler in die Berge. Wer, wenn nicht er, konnte vielleicht doch noch eine Lösung finden? Einige Tage später kehrte der Bote zurück. Er übergab dem König einen schlichten, einfachen Ring mit einem großen Glasstein in der Mitte. Der Weise ließ dem König ausrichten:

„Unter diesem Glasstein liegt die Antwort verborgen; doch widerstehe der Versuchung, sie jetzt schon lesen zu wollen. Du darfst erst dann unter den Stein schauen, wenn alles verloren scheint und du absolut keinen Ausweg mehr weißt. Erst wenn deine Verwirrung total ist, dein Schmerz und deine Verzweiflung unerträglich und du selbst völlig hilflos bist, dann öffne den Ring. Erst dann, und nur dann, wirst du verstehen."

Und so seltsam es jedermann erschien, der König gab sich damit zufrieden und hielt sich, trotz seiner Neugierde und obwohl er sich oft verzweifelt fühlte, an die Anweisung des Einsiedlers.

Manchmal glaubte er, nun sei der Augenblick gekommen, der die Bedingungen des Weisen erfüllte, doch irgendwie fand er jedes Mal einen Ausweg und die Botschaft des Weisen blieb unter dem Schmuckstein verborgen.

Eines Tages brach ein schon lange schwelender Streit mit einem mächtigen Nachbarland offen aus. Der Angriff kam so überraschend, dass jede Verteidigung zwecklos schien, und so flüchtete der König mit seiner Familie, ohne etwas retten zu können.

Von nun an waren sie Verfolgte. Oft gerieten sie in aussichtslose Situationen und oft, sehr oft, glaubte der König, unter den Stein an seinem Finger schauen zu müssen. Aber dann ließ er es doch bleiben.

Die Strapazen der Flucht zwangen ihn, seine Familie zurückzulassen. Hunger und Krankheiten wurden zu ihren ständigen Begleitern und rafften die meisten Soldaten dahin. Die Lage wurde immer aussichtsloser. Schließlich flüchteten die letzten

Getreuen mit dem König in die Berge. Sie schleppten sich nur noch mühsam vorwärts, als sie plötzlich das Triumphgeheul ihrer Feinde direkt hinter sich hörten. Mit letzter Kraft kletterte der König über einen Steilhang und zwängte sich in eine enge Schlucht. Fast glaubte er den heißen Atem seiner Feinde im Nacken zu spüren. Seine Angst wurde unerträglich. Und dann stand er plötzlich am Rande eines tiefen Abgrundes. Vor ihm bodenlose Tiefe, rechts und links steile Felswände und hinter ihm der Feind.

Jetzt war der Augenblick gekommen. Dies war das Ende; er hatte absolut keine Wahl mehr. Verzweifelt klappte er den Ring auf und las: „Auch das geht vorüber!“

Kaum hatte er die Botschaft gelesen, wurde er plötzlich ganz ruhig. Aufmerksam sah er sich um und entdeckte einen schmalen Spalt im Felsen. Einen Augenblick später hatte er sich in den Spalt gezwängt. Keinen Moment zu früh, denn schon stoben seine Verfolger heran. Angesichts der steilen Wände und der tiefen Schlucht vor ihnen entschieden sie, dass der König wohl in den Abgrund gesprungen sein musste und endgültig besiegt war. Unter wildem Freudengeschrei galoppierten sie davon.

Der König aber machte sich auf den Weg, sein zersprengtes Heer und seine zerstreuten Anhänger wieder um sich zu sammeln.

Und das Glück war auf seiner Seite: In einem nächtlichen Überraschungsangriff eroberte er sein Land zurück und zog unter dem Jubel seines Volkes wieder in den Palast ein.

Ausgelassen feierten die Leute seine Rückkehr. Durch die Straßen zogen tanzende, fahnenschwingende Menschen. Sie sangen Loblieder auf ihren König und brannten ihm zu Ehren riesige Feuerwerke ab.

Überglücklich beobachtete der König sein feierndes Volk. Sein Herz schien vor Glück und Freude fast zu zerspringen. Da fiel sein Blick auf den Ring. „Auch das geht vorüber!", dachte er. Und augenblicklich fühlte er eine tiefe Ruhe in sich aufsteigen. Und während seine Augen zu den fernen Bergen schweiften, überzog ein nachdenkliches Lächeln sein Gesicht.

Weisheitsgeschichte

Eine Übung

Eines Tages hält ein Experte aus der Wirtschaft einen Vortrag vor einer Gruppe Studenten. Er möchte den jungen Leuten etwas Wichtiges mitgeben mithilfe einer Vorstellung, die sie nicht vergessen sollten. Als er vor den Studenten steht, sagt er: „Okay, Zeit für ein Rätsel."

Er nimmt einen leeren 5-Liter-Wasserkrug mit einer sehr großen Öffnung und stellt ihn auf den Tisch vor sich. Dann legt er vorsichtig ungefähr zwölf faustgroße Steine in den Wasserkrug. Als er den Wasserkrug mit den Steinen bis oben gefüllt hat und kein Platz mehr für einen weiteren Stein ist, fragt er, ob der Krug jetzt voll sei. Alle sagen: „Ja." Er fragt nach: „Wirklich?" Er greift unter den Tisch und holt einen Eimer mit Kieselsteinen hervor. Einige hiervon kippt er in den Wasserkrug und schüttelt diesen, sodass sich die Kieselsteine in die Lücken zwischen den großen Steinen setzen.

Er fragt die Gruppe erneut: „Ist der Krug nun voll?" Jetzt hat die Klasse ihn verstanden und einer antwortet: „Wahrscheinlich nicht!" „Gut!", antwortet der Experte. Er greift wieder unter den Tisch und bringt einen Eimer voller Sand hervor. Er schüttet den Sand in den Krug und wiederum sucht sich der Sand den Weg in die Lücken zwischen den großen Steinen und den Kieselsteinen. Anschließend fragt er: „Ist der Krug jetzt voll?" „Nein!", ruft die Klasse. Nochmals sagt er: „Gut!"

Dann nimmt er einen mit Wasser gefüllten Krug und gießt das Wasser in den anderen Krug bis zum Rand. Nun schaut er die Klasse an und fragt sie: „Was ist der Sinn meiner Vorstellung?" Ein Angeber hebt seine Hand und sagt: „Es bedeutet, dass, egal wie voll dein Terminkalender auch ist, wenn du es wirklich versuchst, kannst du noch einen Termin dazwischenschieben." „Nein", antwortet der Dozent, „das ist nicht der Punkt. Die Moral dieser Vorstellung ist: Wenn du nicht zuerst mit den großen Steinen den Krug füllst, kannst du sie später nicht mehr hineinsetzen. Was sind die großen Steine in eurem Leben? Eure Kinder, Personen, die ihr liebt, eure Ausbildung, eure Träume, würdige Anlässe, Lehren und Führen von anderen, Dinge, die ihr liebt, Zeit für euch selbst, eure Gesundheit, eure Lebenspartner ... Denkt immer daran, die großen Steine ZUERST in euer Leben zu bringen, sonst bekommt ihr sie nicht alle unter. Wenn ihr zuerst mit den unwichtigen Dingen beginnt, dann füllt ihr euer Leben mit kleinen Dingen voll und beschäftigt euch mit Sachen, die keinen Wert haben. Dann werdet ihr nie die Zeit für die wirklich großen und wichtigen Dinge im Leben haben."

Weisheitsgeschichte

Wie man glücklich wird

Ich hatte meinen freien Tag, saß in der Küche und las in der Zeitung, als Luis hereintrat und fragte:

„Papa, was ist eigentlich Glück?"

Glück, dachte ich – wie erklärt man einem Fünfjährigen, was Glück ist? Und Glück, dachte ich – weiß ich überhaupt selbst, was Glück ist? Welche Ahnung hat ein Jammerlappen wie ich, der sich leicht Tag für Tag in Klagen und Melancholie verliert, vom Glück? Was wäre Glück für mich in diesem Moment? Wenn ich noch zwei Stunden hier sitzen könnte und Zeitung lesen, unbehelligt vom Leben? Und was wäre Glück für ihn, den Kleinen – jetzt?

„Ähm, also, Glück ist … weißt du …", hob ich an, weil ich mich zu einer Antwort verpflichtet fühlte, „Glück also ist … Luis?! Wo bist du denn?"

Er war aus der Tür gegangen. Er hatte die Frage gestellt und anschließend sofort den Raum verlassen, vielleicht im Gefühl, die Frage könnte für mich zu groß sein. Oder die Antwort für ihn zu hoch. Ich las wieder in meiner Zeitung, ohne weiter über Glück nachzudenken und etwas anderes zu empfinden als eine kleine Zufriedenheit. Da betrat Luis wieder das Zimmer. Er trug drei lange Leisten aus Holz und eine Plastiktüte mit kleinen und größeren Holzklötzen, die der Schreiner ihm geschenkt hatte, als er einen Einbauschrank installierte.

Luis sagte: „Ich möchte eine Maschine bauen."

„Was für eine Maschine?", fragte ich.

„Eine Maschine eben", sagte er. „Eine Maschine, die etwas kann."

„Und was?", fragte ich.

„Na, *etwas* eben, irgendetwas", sagte er. „Hilfst du mir? Gibst du mir dein Werkzeug?"

Ich dachte, wie gern ich noch eine Weile mit meiner Zeitung allein gewesen wäre, wie gern ich danach vielleicht einen Spaziergang gemacht hätte, dass ich vielleicht auch Freude an einem Buch gehabt hätte. Wie schön es wäre, Luis würde allein in seinem Zimmer spielen! Und: Ich bastele nicht gern und verstehe nichts von Maschinen. Teufel auch, ich hatte meinen freien Tag!

Aber!!! Luis bastelt gern und er versteht noch weniger von Maschinen, und ich konnte ihn ja nicht allein mit Hammer und Säge werkeln lassen. Ich dachte einen Moment nach, dann sagte ich:

„Wir bauen eine Schranke."

„Was ist eine Schranke?"

„Das gibt es bei der Eisenbahn, wenn sie über eine Straße fährt, damit die Autos stehen bleiben. Und an den Grenzen zu anderen Ländern."

„Ach so, eine Schranke", sagte Luis. „Jaaa!"

Dann holte ich den Werkzeugkasten und Nägel. Wir sägten eine Stange für die Schranke zurecht, so breit wie unser Flur, nagelten an das Ende einen Holzklotz, bauten ein Gestell für die Halterungen für das eine und das andere Ende der Schranke und machten sie so daran fest, dass man sie auf- und zuklappen konnte. Dann holte Luis seinen Malkasten mit den Wasserfarben, und ich holte Wasser. Weil ich keine alte Zeitung fand, nahm ich die neue, die ich eigentlich noch lesen wollte, und breitete sie unter der Holzkonstruktion aus. Wir malten die Schranke weiß und rot an: Ich machte die weißen Streifen, Luis die roten und den dicken Holzklotz am Ende machten wir gemeinsam schwarz. Dann nahmen wir ein Brettchen und nagelten es an die Schranke, als Schild.

„Was sollen wir auf das Schild schreiben?“, fragte ich.

„Wir schreiben: ‚Halt, hier muss man stehen bleiben, das ist eine Schranke!‘“, sagte Luis.

„Dafür ist das Schild viel zu klein“, sagte ich. „Wir schreiben einfach: ‚Stopp!‘“

„Gut“, sagte Luis. Ich schrieb: „Stopp!“ Wir waren fertig. In diesem Moment kam Paola vom Einkaufen. Sie blieb vor der Schranke stehen: „Was ist das denn?“

„Eine Schranke“, sagte Luis. „Siehst du doch.“ Er klappte die Schranke auf, ließ Paola gehen, klappte die Schranke zu und sah dabei aus, als wäre er in der Zeit, als wir bastelten, zehn Zentimeter größer geworden.

Dabei war er bloß glücklich. Und ich auch.

Axel Hacke

Das Glück des Steinmetzen

Es war einmal ein Mann, der sich für das menschliche Glück interessierte. Eines Tages kam er an einer Baustelle vorbei, wo viele Arbeiter damit beschäftigt waren, Steine zu klopfen. Drei von ihnen waren mit auffallend unterschiedlichem Eifer bei der Arbeit.

Er ging zu jenem Arbeiter, der immer wieder Pausen einlegte. Ein paar Klopfer auf den Stein und schon machte er Pause und blickte mürrisch durch die Gegend. Bei der nächsten Pause sprach er ihn an: „Entschuldigen Sie, eine Frage. Gefällt Ihnen diese Arbeit?" „Sehen Sie das nicht? Es gibt keine schlimmere Arbeit, als diese Steine zu klopfen. Aber weil es hier kaum andere Arbeit gibt, habe ich diesen Job angenommen. Ich mache sicher nicht mehr als notwendig. Man kann es sich halt nicht immer aussuchen ..."

Der Mann ging eilig weiter zum nächsten Arbeiter. Dieser machte einen fleißigen Eindruck: „Ihnen scheint das Steineklopfen Spaß zu machen, oder?" „Ja, heute schon! Ein herrlicher Tag. Ich bin frisch verliebt, dazu herrliches Wetter heute, sogar mein Chef hat mich heute früh schon gelobt! So geht mir die Arbeit leicht von der Hand und macht Spaß!" „Kann ich daraus auch schließen, dass das nicht jeden Tag so ist wie heute?" Der Arbeiter antwortete: „Natürlich nicht! Das hängt von den Umständen ab. Nicht immer ist der Chef so gut aufgelegt. Und bei kaltem Regenwetter macht es alles andere als Spaß. Bei hartem Material brauche ich häufig doppelt so lang. Was glauben Sie, wie es mir da geht?"

Der Mann ging zu einem dritten Arbeiter, dessen Eifer ihm auffiel. Er sah ihm eine Weile zu und war fasziniert, wie regelmäßig dieser auf den harten Stein klopfte. Ihn schien die schwere Arbeit richtig Spaß zu machen. Erst als er ihm auf die Schulter klopfte, bemerkte ihn dieser. „Macht Ihnen der harte Stein nicht zu schaffen?", wollte der Mann wissen. „Nein, überhaupt kein Problem. Mir macht es sogar richtig Spaß!" „Und wenn das Wetter mal nicht so schön ist wie heute, wenn es kalt und regnerisch ist und wenn der Chef schlechte Laune hat, dann geht es Ihnen sicherlich anders, stimmt's?" „Nein, die miese Laune von anderen prallt an mir ab und das Wetter kann ich auch nicht ändern", antwortete der Arbeiter und bearbeitete schon wieder den Stein. „Aber ist Steine klopfen nicht hart und eintönig?" „Was heißt hier Steine klopfen? Sehen Sie nicht, was aus diesen Steinen wird? Ich arbeite am Gewölbe einer Kathedrale! Gibt es eine schönere Sache, als an einem solchen großartigen Gebäude mitzubauen?"

Aus Italien

Alle gehen barfuß

Ein Schuhunternehmen wollte seinen Markt ausweiten. Zu diesem Zweck beschloss die Geschäftsführung, zwei Repräsentanten unabhängig voneinander loszuschicken. Jeder von ihnen sollte untersuchen, welche Möglichkeiten bestanden, Schuhe zu verkaufen. Die Mitarbeiter der Firma reisten in verschiedene abgelegene Teile Australiens, um festzustellen, ob es dort einen Markt unter den Aborigines, den Ureinwohnern des Landes, gäbe.

Einige Zeit später trafen zwei Telegramme ein.

Im ersten Telegramm hieß es: „Unmöglicher Markt. Alle gehen barfuß."

Im zweiten Telegramm stand: „Unendlicher Markt! Alle gehen barfuß!"

Weisheitsgeschichte

Ansichtssache

Eines Tages nahm ein Mann seinen Sohn mit aufs Land, um ihm zu zeigen, wie arme Leute leben. Vater und Sohn verbrachten einen Tag und eine Nacht auf der Farm einer sehr armen Familie.

Als sie wieder zurückkehrten, fragte der Vater seinen Sohn: „Wie fandest du unseren Ausflug?"

„Sehr interessant!", antwortete der Sohn.

„Und hast du gesehen, wie arm Menschen sein können?"

„Oh ja, Vater, das habe ich gesehen."

„Was hast du also daraus gelernt?", fragte der Vater.

Und der Sohn antwortete: „Ich habe gesehen, dass wir einen Hund haben und die Leute auf der Farm haben vier. Wir haben einen Swimmingpool, der bis zur Mitte unseres Gartens reicht, und sie haben einen See, der gar nicht mehr aufhört. Wir haben prächtige Lampen in unserem Garten und sie haben die Sterne. Unsere Terrasse reicht bis zum Vorgarten und sie haben den ganzen Horizont."

Der Vater war sprachlos.

Und der Sohn fügte noch hinzu: „Danke, Vater, dass du mir gezeigt hast, wie arm wir sind."

Weisheitsgeschichte

Der Baum der Erkenntnis

Mitten in einem indischen Dorf stand ein uralter großer Baum, in dessen Schatten die Dorfbewohner ihre kleinen Plaudereien abhielten, Großeltern ihren Enkeln beim Spielen zusahen und hin und wieder Feste gefeiert wurden. Eines Tages pilgerte ein weiser alter Mann durch das Dorf, setzte sich unter den Baum und verkündete, dass diesem uralten Baum magische Fähigkeiten innewohnten.

„Alles, was ihr tun müsst, um die Magie des Baumes zu erfahren, ist, nach Hause zu gehen und darüber nachzudenken, was für Probleme euch beschäftigen. Anschließend packt ihr eure Probleme in Pakete, bringt sie hierher und hängt sie in diesen mächtigen Baum. Dann wird er zu euch sprechen."

Die Dorfbewohner eilten in ihre Häuser, wurden sich ihrer Sorgen und Nöte bewusst und verpackten sie anschließend sorgfältig in kleine Päckchen und größere Pakete. Kaum standen sie wieder unter dem Baum, sprach der alte Weise: „Eine Bedingung stellt der Baum. Habt ihr euer Paket dem Baum übergeben, müsst ihr ein anderes dafür mitnehmen. Das ist der Preis, den der Baum fordert."

Die meisten Dorfbewohner zögerten nur kurz und gingen auf die Bedingung ein. Eifrig hängten sie ihre Sorgenpakete an einen der Zweige und nahmen dafür ein anderes mit.

Gespannt eilten sie zurück in ihre Häuser und wickelten das erstandene Paket auf. Aber, oh weh, das, was sie auspackten, war mindestens so unangenehm wie die eigenen Päckchen und manche sogar weit schlimmer als das, was sie weggegeben hatten.

Schnell trugen sie die fremden Päckchen zurück und holte sich ihre eigenen, vertrauten Kümmernisse zurück.

Die meisten schenkten dem Baum ein Lächeln und bedankten sich.

Indische Legende

Anleitung zum (Un-)Glücklichsein

Das Fräulein stand am Meere

Das Fräulein stand am Meere
Und seufzte lang und bang,
Es rührte sie so sehre
Der Sonnenuntergang.

Mein Fräulein! Sein Sie munter,
Das ist ein altes Stück;
Hier vorne geht sie unter
Und kehrt von hinten zurück.

Heinrich Heine

Weshalb Menschen unglücklich sind

„Einer der Gründe, warum so viele Menschen unglücklich sind, liegt in dem erstaunlichen, aber offensichtlichen Gewinn, den ihnen ihr Leiden schafft“, sagte der Meister, während er seine Schüler der Reihe nach ansah.

„Ich will euch eine Geschichte von meiner letzten Reise erzählen: Wie ihr wisst, bin ich mit der Bahn gefahren. Nachts lag ich im oberen Bett, aber ich konnte kein Auge zumachen. Aus dem unteren Bett stöhnte und jammerte es ununterbrochen: ‚Oje, oje, warum bin ich nur so schrecklich durstig? Ach, was bin ich so durstig! Wenn ich nur Wasser hätte. Oh, ich Ärmster, was bin ich durstig. Wo bekomme ich jetzt bloß Wasser her?‘

Da das Stöhnen und Jammern kein Ende nahmen, kletterte ich schließlich die Leiter hinunter und machte mich auf den Weg, Wasser zu besorgen. Um diese Zeit war das gar nicht so einfach. Endlich fand ich doch einen Angestellten, der mir zwei Becher Wasser verkaufte. Zurück im Abteil reichte ich meinem durstigen Mitreisenden die Becher.

‚Gott sei Dank‘, rief er, ‚das ist meine Rettung!‘ Und er stürzte die beiden Becher Wasser hinunter.

Ich kletterte, von den Segenswünschen des Geretteten begleitet, wieder in mein enges Bett hinauf. Kaum hatte ich mich zurechtgelegt und die Augen geschlossen, hörte ich es von unten stöhnen:

‚Oje, oje, bin ich durstig gewesen. Warum hatte ich bloß so einen Durst? Hoffentlich krieg ich nicht noch mal so einen Durst ... Bin ich vielleicht krank, weil ich so durstig war? Was, wenn ich noch einmal so einen Durst bekomme?'"

Weisheitsgeschichte

Zu früh gefreut

Ein Bauer ging einmal in den Wald zum Holzhacken. Da sah er unter einem Busch einen Hasen sitzen.

„Das ist fein", dachte der Bauer. „Ich fang ihn und bring ihn auf den Markt. Da verkauf ich ihn. So zehn bis zwölf Mark krieg ich schon dafür. Für das Geld kauf ich mir ein Ferkel. Das ziehe ich auf. Wenn es ein großes Schwein geworden ist, bekommt es bestimmt zwölf kleine Schweinchen. Die füttere ich auch groß und jedes von den zwölf Schweinen kriegt wieder zwölf Ferkel. Wenn ich die alle verkaufe, bin ich ein reicher Mann. Ich baue mir ein schönes Haus mit vielen Zimmern und kostbaren Möbeln. Damit aber niemand etwas stehlen kann, stell ich Wächter ein. Die müssen bei Nacht wach bleiben und aufpassen. Ich kontrollier sie schon. Wehe, wenn einer schläft. Dem werd ich's zeigen. Den schrei ich ordentlich an: „Du

Faulpelz! Du Taugenichts! So passt du auf? Du bist entlassen! Mir aus den Augen! Hinaus!“

Und vor lauter Aufregung rief der Bauer mit schallender Stimme: „Hinaus!“, sodass der Hase unterm Busch erschrak, aufsprang und im Zickzack wie der Blitz davonlief.

Russische Legende

Kragenknopf und Uhrenzeiger

Ich habe mich ja schon furchtbar geärgert! Heute nicht, nein, jahrelang schon. Nicht, dass Sie glauben, wegen Familienangelegenheiten, nein – nur über meinen Kragenknopf! Sehen Sie, man muss ihn ja haben, den Kragenknopf, man ist ja direkt darauf angewiesen, auf den Kragenknopf! Wenn man bedenkt, was so alles dranhängt: der Kragen, die Hemdbrust, die Krawatte usw.

Bitte, stellen Sie sich mal einen feinen Mann ohne Kragenknopf vor, wie der daherkommt! Was nützt da ein feiner Zylinder, wenn man keinen Kragenknopf hat? Rutscht ja alles herunter!

Den einzigen Menschen, den ich mir ohne Kragenknopf vorstellen kann, das ist ein Matrose, aber es kann doch nicht jeder ein Matrose sein, da müsste ja jeder ein Schiff haben, und außerdem hat nicht jeder Matrose ein Schiff! Dasselbe ist's mit dem Kaffee.

Stellen Sie sich mal einen Kaffee ohne Tasse vor! Man kann ihn doch nicht aus der Kaffeemühle trinken! Oder einen Tisch ohne Füße –, da braucht man ja überhaupt keinen Tisch, da kann man sich ja gleich auf den Boden setzen. Dasselbe ist's mit einer Uhr ohne Zeiger.

Schauen Sie, ich lauf zum Beispiel schon jahrelang herum mit meiner Uhr ohne Zeiger; die hat doch gar keinen Wert! Eine Uhr ist sie natürlich auch so, – Sie werden doch nicht behaupten, dass es ein Papagei ist? Ich könnte sie ja zum Uhrmacher geben, aber in dem Moment, wo ich sie dem Uhrmacher gebe, hab ich gar keine, also ist's doch gescheiter, wenn ich wenigstens die hab, wenn sie auch nicht geht; das weiß ich ja sowieso – und sie kann ja auch gar nicht gehen, ohne Zeiger. Das heißt, gehen kann sie schon – innen –, aber sie zeigt es nicht an, drum hat auch die ganze Uhr keinen Wert. Ich trage ja die Uhr nur wegen der Kette, was will man denn sonst mit einer Uhrkette anfangen, das sagt ja schon das Wort: Uhrkette! Das ist doch selbstverständlich, dass da eine Uhr daran sein muss, ich kann doch keinen Hund hinhängen! Dann wär's ja eine Hundekette. Und wer wird einen Hund in die Westentasche hineinschieben? Niemand.

Ich halte ja eine Uhr für überflüssig. Seh'n Sie, ich wohne ganz nah beim Rathaus. Und jeden Morgen, wenn ich ins Geschäft gehe, da schau ich auf die Rathausuhr hinauf, wie viel Uhr es ist, und da merke ich's mir gleich für den ganzen Tag und nütze meine Uhr nicht so ab!

Die heutigen Uhren gehen ja noch eher, aber früher war's fad mit den Sonnenuhren: keine Sonne – keine Uhr! Da ist mir ja die meinige ohne Zeiger lieber, da ist man doch wenigstens nicht auf die Sonne angewiesen, bloß auf die Zeiger, und Zeiger kann man schließlich machen lassen, wenn man sie braucht.

Das wäre ja traurig, wenn man nicht ohne Uhr leben könnte! Der Uhrmacher, ja, der kann nicht ohne Uhr leben, bei dem ist's Geschäftssache. Glauben Sie, dass ein Uhrmacher, wenn er wissen will, wie spät es ist, auf all die tausend Uhren hinschaut, die er in seinem Laden hängen hat? Er denkt nicht dran, er schaut nur auf eine, die andern verkauft er an die Leute, die eine Uhr brauchen; einer, der keine Uhr braucht, der kauft sich ja sowieso keine.

Aber, wie gesagt, es hat keinen Zweck, dass ich die Uhr reparieren lasse: Schließlich stiehlt sie mir noch einer, dann hat der eine gehende Uhr und ich bin jahrelang mit einer kaputten rumgelaufen! Drum lass ich sie lieber so, wenn sie dann wirklich einer stiehlt, dann kann sich der damit ärgern! …

Karl Valentin

Der Kaufmann

Ein Kaufmann hatte hundertfünfzig Kamele, die seine Stoffe trugen, und vierzig Knechte und Diener, die ihm gehorchten. An einem Abend lud er seinen weisen Freund zu sich. Die ganze Nacht fand er keine Ruhe und sprach fortwährend über seine Sorgen, Nöte und die Hetze seines Berufes.

Er erzählte von seinem Reichtum in Turkestan, sprach von seinen Gütern in Indien, zeigte die Grundbriefe seiner Ländereien und seine Juwelen.

„Oh weiser Freund“, seufzte der Kaufmann. „Ich habe nur noch eine Reise vor. Nach dieser Reise will ich mich endlich zu meiner wohlverdienten Ruhe setzen, die ich so ersehne wie nichts anderes auf der Welt.

Ich will persischen Schwefel nach China bringen, da ich gehört habe, dass er dort sehr wertvoll sei. Von dort will ich chinesische Vasen nach Rom bringen. Mein Schiff trägt dann römische Stoffe nach Indien, von wo ich indischen Stahl nach Halab bringen will. Von dort will ich Spiegel und Glaswaren in den Jemen exportieren und von dort Samt nach Persien einführen.“

Mit einem träumerischen Gesichtsausdruck verkündete er dem ungläubig lauschenden Freund: „Und danach gehört mein Leben der Ruhe, Besinnung und Meditation, dem höchsten Ziel meiner Gedanken.“

Der weise Freund lächelte und sagte nur: „Warum nicht gleich?“

Weisheitsgeschichte

Aber …

Ein Schüler kam einst zu einem Meister.

„Meister“, sprach er mit trauriger Stimme, „das Leben liegt wie eine Last auf meinen Schultern. Es drückt mich zu Boden und ich habe das Gefühl, unter dem Gewicht zusammenzubrechen.“

Der Meister antwortete mit einem liebevollen Lächeln „Das Leben ist so leicht wie eine Feder.“ „Meister, bei aller Demut, aber hier musst du irren. Denn ich spüre mein Leben wie eine Last von tausend Pfunden auf mir. Sag, was kann ich tun?“

„Wir sind es selbst, die uns Last auf unsere Schultern laden“, antwortete der Meister, immer noch milde lächelnd.

„Aber …“, wollte der Schüler einwenden. Der Meister hob energisch die Hand: „Dieses Aber wiegt allein tausend Pfund.“

Weisheitsgeschichte

Der Weg des geringsten Widerstands

Ein Schüler kam zum Meister. „Ach, Herr", stöhnte er, „um Euren Lehren zu folgen, ist so viel Veränderung nötig. Das ist mir eigentlich alles viel zu anstrengend. Ich glaube, ich werde das Studium hier beenden."

Da schaute der Alte mit einem traurigen Blick auf seinen Schüler. „Kennst du die Geschichte von der Raupe?", fragte er. Der Schüler verneinte.

„Es war einmal eine Raupe, die das Gefühl hatte, dass die Metamorphose zum Schmetterling zu anstrengend sei. Also beschloss sie, Raupe zu bleiben. Und während sie mühsam und langsam durchs Leben kroch, schaute sie immer mal wieder hinauf zu all den Schmetterlingen, die im Sommerwind von Blume zu Blume tanzten …", erzählte der Meister die Geschichte. „Und nun überleg wohl, ob der scheinbar einfachere Weg auch tatsächlich der einfachere ist."

Weisheitsgeschichte

Der Nagel

Ein Kaufmann hatte auf der Messe gute Geschäfte gemacht, alle Waren verkauft und seine Geldkatze mit Gold und Silber gespickt. Er wollte jetzt heimreisen und vor Einbruch der Nacht zu Haus sein. Er packte also den Mantelsack mit dem Geld auf sein Pferd und ritt fort.

Zu Mittag rastete er in einer Stadt. Als er weiterwollte, führte ihm der Hausknecht das Ross vor, sprach aber: „Herr, am linken Hinterfuß fehlt am Hufeisen ein Nagel."

„Lass ihn fehlen", erwiderte der Kaufmann, „die sechs Stunden, die ich noch zu machen habe, wird das Eisen wohl festhalten. Ich habe Eile."

Nachmittags, als er wieder abgestiegen war und dem Ross Brot geben ließ, kam der Knecht und sagte: „Herr, eurem Pferd fehlt am linken Hinterfuß ein Hufeisen. Soll ich's zum Schmied führen?"

„Lass es fehlen! Die Stunden, die noch übrig sind, wird das Pferd wohl aushalten. Ich habe Eile."

Er ritt fort. Aber nicht lange, so fing das Pferd zu hinken an. Es hinkte nicht lange, so fing es an zu stolpern, und es stolperte nicht lange, so fiel es nieder und brach ein Bein.

Der Kaufmann musste das Pferd liegen lassen, den Mantelsack abschnallen, auf die Schulter nehmen und zu Fuß nach Hause gehen, wo er erst spät in der Nacht anlangte. „An allem Unglück", sprach er zu sich selbst, „ist der verwünschte Nagel schuld."

Brüder Grimm

Der Alte vor dem Tor

Ein alter Mann saß vor den Toren einer Stadt. Alle Menschen, die in die Stadt gingen, kamen an ihm vorbei. Ein Fremder blieb stehen und fragte den alten Mann:

„Du kannst mir sicher sagen, wie die Menschen in dieser Stadt sind?"

Der Alte sah ihn freundlich an: „Wie waren sie dort, wo du zuletzt warst?"

„Freundlich, hilfsbereit und großzügig. Sehr angenehme Menschen", antwortete der Fremde.

„Genau so sind sie auch in dieser Stadt!"

Das freute den Fremden und mit einem Lächeln ging er durch das Stadttor.

Später kam ein anderer Fremder zum alten Mann.

„Sag mir, Alter, wie sind die Menschen in dieser Stadt?"

Der Alte fragte auch ihn: „Wie waren sie dort, wo du zuletzt warst?"

„Furchtbar! Unfreundlich und arrogant."

Der alte Mann antwortete: „Ich fürchte, so sind sie auch in dieser Stadt!"

Weisheitsgeschichte

Wer je gelebt in Liebesarmen, der kann im Leben nicht verarmen

Überschrift Doppelpunkt Diktat

Wie soll ich dich denn nur erreichen
Komma Geliebte Fragezeichen
Denn ich gestehe Doppelpunkt
Es hat bei mir schon längst gefunkt
Punkt dann Absatz neuer Satz
Lass dich umarmen Komma Schatz
Ausrufezeichen neue Zeile
Bis ich in deine Arme eile
Komma träum ich nur von dir
Semikolon schreibe mir
Punkt Mein Herz Gedankenstrich
Es rast und brennt und schlägt für dich
Komma nur für dich allein
Ausrufezeichen Absatz Dein
Verehrer Klammer auf dann groß
Verwirrt Komma und ruhelos
Durch dich Komma Geliebte du
Ausrufezeichen Klammer zu

Michael Schönen

Zurücklassen

Zwei Mönche waren abends auf dem Heimweg ins Kloster. Am Flussufer trafen sie ein hübsches Mädchen, das verzweifelt nach einem Weg über den Strom suchte. Ohne lange nachzudenken, nahm der eine Mönch sie auf seine Arme und trug sie über die Furt. Drüben setzte er sie ab und ging weiter.

Das gab seinem Gefährten zu denken. Stundenlang grübelte er über das Benehmen seines Freundes nach, bis er sich schließlich an ihn wandte und sagte: „Du weißt doch, dass die Mönchsregeln uns streng verbieten, auch nur in der Nähe einer Frau zu verweilen, besonders wenn sie jung und hübsch ist. Wie konntest du dieses Mädchen nur so einfach auf die Arme nehmen?"

Erstaunt drehte sich der andere um und sagte: „Trägst du sie denn immer noch? Ich habe sie am Fluss zurückgelassen."

Asiatische Legende

Der Blitzschlag

Bebte die Erde, stand mein Herz still, sprachen die Götter? Ich glaube, alles zusammen, ja, mein Atem stand auch noch still. Es war – so etwas gibt es natürlich nicht – die Liebe, der Blitzschlag, der Sturz aus rotem Himmel, der mir widerfuhr. Wie nie zuvor im Leben. Ich hatte nur immer geglaubt, es sei mir widerfahren.

Kam das Mädchen ganz nebenher durchs Gelände direkt auf mich zu – der ich am Einstieg zum Schwimmbecken lag –, ein wenig verunsichert, ja, mit gerunzelter Stirn, als sei ihr hier nicht ganz wohl zumute. Vielleicht hielt sie sich für zu dick, Frauen verstehen davon nichts. Doch als sie an mir vorbeiging, sehr groß und aufrecht, strahlte sie – nein, sie lächelte mich nicht an, mich schon gar nicht, sie strahlte, hatte ganz helle, goldene Augen, die mich anfassten. Zurück blieb verbranntes Land – – – mein Name, meine Vergangenheit, alle Vorlieben und Eigenschaften, jemals, mein gesamtes Alles, alles verbrannt.

Ich hatte dann Gelegenheit, sie im Wasser stehen zu sehen, ganz vornean, wo es noch flach ist, ihre Rückenansicht mit kleinen Rückenknöchelchen und sehr delikaten Schulterblättern. Sie stand dort eine Weile, von vorn beleuchtet, für mich also im Gegenlicht, trat noch etwas tiefer, bis ihr das Wasser zur Taille reichte, aber so blieb sie dann wirklich stehen, sehr lange, ich dachte: Was macht sie denn, meditiert sie über Wert und Unwert? Die Nackenlinie leicht zur Seite und nach vorn gebogen. Sie hatte die Haare hochgesteckt, sodass am oberen Nackenrand eine leichte Vertiefung zu sehen war, eine Kuhle. Ich konnte mir vorstellen, dass der Friseur daran eine Freude hatte, und bemerkte an dieser Stelle, dass ich bereits eifersüchtig war.

Plötzlich sah sie zerbrechlich aus.

Nein, das Mädchen hatte sich nicht gerührt, vielleicht ihre Nackenlinie etwas gedreht, ihr Hals war ein Lilienstengel, auf dem ein sehr kleiner Kopf aufsaß, die Schultern schmal, fein gekerbt, und der übrige Oberkörper noch viel schmaler und sehr, sehr fein gekerbt, sodass die Rippen zu sehen waren. Wie hatte ich denken können, sie hielte sich für zu dick, vielleicht hielt sie sich für zu dünn? Und dann, als ich noch darüber nachdachte, wie sie wohl vorne aussehen möchte, tauchte sie plötzlich unter und schwamm in mächtigen Zügen davon.

Das passte nun nicht zusammen. Die Mächtigkeit.

Wie ist dein Name: Petula? Indra, Julia, May, June, April (Eprill)? Oder vielleicht Sita? Ich glaube, ich wusste es sogar.

Inzwischen konnte ich das Mädchen in Abständen und an mehreren Stellen des Schwimmbeckens wiederentdecken: Sie schwamm die Länge hin und her, und ich erkannte sie an der weißen Haarklammer, sie schwamm übrigens in der Rückenlage einen unerhört langen, schlanken Schwimmstil, wie ich ihn noch nie gesehen hatte. Fast beängstigend schlank für meinen Geschmack. Und dann sah ich sie nicht mehr, ich verrenkte mir den Hals, weil ich sie weder unter den Schwimmern noch irgendwo hinten am Rand des Beckens entdecken konnte. Meine Schöne, Strahlende, meine Bewegliche? Vielleicht war sie auch schon gegangen, und ich hatte nicht genügend Obacht gegeben? Hält man es für möglich, ich erlitt hier einen schweren Verlust, von dem ich vor einer halben Stunde noch gar nicht gewusst hatte, dass ich ihn erleiden könnte.

Und dachte noch, wie war das möglich, wie konnte das passieren. Als sie direkt vor mir im Wasser stand. Hatte mich offensichtlich unterlaufen und befand sich an der alten Stelle, nur dass sie diesmal die Vorderseite präsentierte. Mein Gott, dachte ich, sie ist kein Mädchen, sie ist eine Frau, sie hat richtige Brüste, jetzt sehe ich es erst richtig. Das Gesicht schmal, fast kindlich, nicht mehr ganz so jung – da hatte ich mich wohl geirrt –, beherrscht von einem ganz hellen, einem hellgoldenen Strahlen. Also darin hatte ich mich nun nicht geirrt.

Und sie sah mich an.

Lächelte? Lächelte tatsächlich, und zwar in meine Richtung, sodass ich mich vorsichtig umdrehte, zu sehen, wen sie denn anlächelte, aber da lag nur der Herr Bodenhöfer und den konnte sie ja nicht gut angelächelt haben. Herr Bodenhöfer kam jeden Morgen, um seine Psoriasis zu sonnen, aber das war eine andere Geschichte, gegen Mittag verschwand er dann wieder. Sodass ich sie fragte – ich weiß, es war eine entsetzliche Frage:

„Kennen wir uns? Sind Sie Buchhändlerin?" Sie aber verstand: Buchhalterin, und fand mich komisch. Denn jetzt stieg sie aus dem Wasser. Wohlgemerkt, bis zur Taille bedeckt hatte ich sie bisher – eine halbe Stunde lang – als ein Wasserwesen geliebt, als ein fernes schlankschwimmendes Element, das man sowieso nicht hätte greifen können. Aber nun sollte sie irdisch werden? Darauf war ich gespannt.

– – –

Sie wurde. O mein Gott, sie wurde ganz und gar irdisch. Die Wasser teilten sich, die Hüften wurden sichtbar, beidseitig gewachsene Schönheiten, die auftauchten. Und noch weiter auftauchten. Ich glaubte es nicht, da gab es unterhalb der ersten ungeheuerlichen Kurvatur noch eine zweite ungeheuerliche, ich hatte so etwas noch nie in Wirklichkeit gesehen, allenfalls in speziellen Fruchtbarkeitsmuseen. Wie sich da im Doppelschwung die prunkvollsten Hüften herausschwangen. Eine Astarte war das, eine Shakti, eine cyprische Aphrodite!

Ich glaube nicht, dass ich wie ein Reh ausgesehen habe, eher wie ein geblendeter Bock, der nicht glaubt, was er sieht: Urlandschaften, Kulturen, Subkulturen, ganze Kontinente! Ich übertreibe gar nicht, immerhin bin ich Historiker und darf mich auch einmal begeistern. Ich kann sehen und ich erkenne die archaische Landschaft, wenn ich sie sehe: Gut und Böse, Aufstieg und Niedergang, alle Lüste und Instinkte und das Abenteuer der Menschheit!

Und als sie ganz herausgestiegen war, diese Weibslandschaft, da sagte sie: „Nein."

Keine Buchhalterin.

Ernst Augustin

Zwiegespräch

Einst begegnete der Verstand der Liebe und sagte zu ihr: „Gut, dass ich dich treffe. Ich habe schon oft über dich nachgedacht, komme aber zu keinem Ergebnis. Deshalb möchte ich dich gern geradeheraus fragen: Was ist dein Sinn?“ Bevor die Liebe antworten konnte, fügte der Verstand noch hinzu: „Sag mir aber bitte nicht, dein Sinn bestehe darin, die Menschen glücklich zu machen. Ich habe oft genug genau das Gegenteil erlebt.“

„Mein Sinn besteht darin, dass die Menschen an mir wachsen und zu sich selbst finden. Durch mich werden sie zu denen, die sie sein können. Ich erwecke das Beste in ihnen und bringe es zur Entfaltung. Und ich schenke ihnen Glück. Dass dieses Glück vergänglich ist, darfst du mir nicht anlasten. Nichts ist von Dauer in dieser Welt.“

„Ich weiß“, entgegnete der Verstand, „allerdings verstehe ich nicht, warum die Menschen sich im Allgemeinen so sehr vor dir fürchten, obwohl du ihnen doch angeblich so viel Gutes schenkst. Zu mir jedoch haben sie volles Vertrauen.“

„Das liegt daran“, antwortete die Liebe, „dass ich die Menschen ins Unbekannte führe. Du wandelst mit ihnen auf Wegen, die sie bereits gut kennen.“

„Aber du sagtest doch gerade“, wandte der Verstand ein, „dass du ihnen auch hilfst, zu sich selbst zu finden.“

„Das tue ich auch“, erwiderte die Liebe, „denn das eigene Selbst ist den meisten Menschen unbekannt. Und daran bist du, mein lieber Verstand, nicht ganz unschuldig.“

„Ich? Wieso?“

„Du bringst sie dazu, Schutzmauern gegen mich aufzubauen, indem du ihnen einredest, wie gefährlich ich sei und wie groß die Schmerzen und Enttäuschungen sein können, die ich ihnen bereite. Du lehrst sie, mich zu fürchten.“

„Und habe ich damit nicht recht?“, fragte der Verstand empört.

„Nein, hast du nicht. Die Menschen verletzen sich nicht an mir, sie verletzen sich gegenseitig. Sie sind nicht enttäuscht von mir, sie enttäuschen sich gegenseitig. Und die Schmerzen, die sie erleiden, stammen nicht von mir, sondern rühren daher, dass sie mein Wesen nicht begreifen. Wie sollten sie es auch können, wenn du sie unentwegt daran hinderst, sich ganz und gar auf mich einzulassen? Denn nur so können sie mich wirklich kennenlernen – und damit sich selbst.“

„Dieses Gespräch ist sinnlos“, sagte der Verstand. „Wir reden aneinander vorbei.“

„Weil du nicht schweigend reden kannst“, erwiderte die Liebe lächelnd.

Weisheitsgeschichte

In dem Garten war schön leben

In dem Garten war schön leben, ich hatte täglich mein warmes Essen vollauf und mehr Geld, als ich zum Weine brauchte, nur hatte ich leider ziemlich viel zu tun. Auch die Tempel, Lauben und schönen grünen Gänge, das gefiel mir alles recht gut, wenn ich nur hätte ruhig drin herumspazieren können und vernünftig diskutieren, wie die Herren und Damen, die alle Tage dahin kamen. Sooft der Gärtner fort und ich allein war, zog ich sogleich mein kurzes Tabakpfeifchen heraus, setzte mich hin und sann auf höfliche, schöne Redensarten, wie ich die eine junge schöne Dame, die mich in das Schlosse mitbrachte, unterhalten wollte, wenn ich ein Kavalier wäre und mit ihr hier herumginge. Oder ich legte mich an schwülen Nachmittagen auf den Rücken hin, wenn alles so still war, dass man nur die Bienen summen hörte, und sah zu, wie über mir die Wolken nach meinem Dorfe zuflogen und die Gräser und Blumen sich hin und her bewegten, und gedachte an die Dame, und da geschah es denn oft, dass die schöne Frau mit der Gitarre oder einem Buche in der Ferne wirklich durch den Garten zog, so still, groß und freundlich wie ein Engelsbild, sodass ich nicht recht wusste, ob ich träumte oder wachte. So sang ich einmal, wie ich eben bei einem Lusthause zur Arbeit vorbeiging:

Wohin ich geh und schaue,
In Feld und Wald und Tal,
Vom Berg ins Himmelblaue,
Vielschöne gnädge Fraue,
Grüß ich dich tausendmal.

Da seh ich aus dem dunkelkühlen Lusthause zwischen den halb geöffneten Jalousien und Blumen, die dort standen, zwei schöne, junge, frische Augen hervorfunkeln. Ich war ganz erschrocken, ich sang das Lied nicht aus, sondern ging, ohne mich umzusehen, fort an die Arbeit.

Abends, es war gerade an einem Sonnabend, und ich stand eben in der Vorfreude kommenden Sonntags mit der Geige am Gartenhause am Fenster und dachte noch an die funkelnden Augen, da kommt auf einmal die Kammerjungfer durch die Dämmerung dahergestrichen. „Da schickt Euch die vielschöne gnädige Frau was, das sollt Ihr auf ihre Gesundheit trinken. Eine gute Nacht auch!“ Damit setzte sie mir fix eine Flasche Wein aufs Fenster und war sogleich wieder zwischen den Blumen und Hecken verschwunden, wie eine Eidechse.

Ich aber stand noch lange vor der wundersamen Flasche und wusste nicht, wie mir geschehen war. – Und hatte ich vorher lustig die Geige gestrichen, so spielte und sang ich jetzt erst recht und sang das Lied von der schönen Frau ganz aus und alle meine Lieder, die ich nur wusste, bis alle Nachtigallen draußen erwachten und Mond und Sterne schon lange über dem Garten standen. Ja, das war einmal eine gute schöne Nacht!

Joseph von Eichendorff

Liebeslied

Dein Mund, der schön geschweifte,
Dein Lächeln, das mich streifte,
Dein Blick, der mich umarmte,
Dein Schoß, der mich erwarmte,
Dein Arm, der mich umschlungen,
Dein Wort, das mich umsungen,
Dein Haar, darein ich tauchte,
Dein Atem, der mich hauchte,
Dein Herz, das wilde Fohlen,
Die Seele unverhohlen,
Die Füße, welche liefen,
Als meine Lippen riefen –:
Gehört wohl mir, ist alles meins,
Wüsst nicht, was mir das Liebste wär,
Und gab nicht Höll und Himmel her:
Eines und alles, all und eins.

Klabund

Jedem Tierchen sein Pläsierchen

Zwei Ameisen

In Hamburg lebten zwei Ameisen,
Die wollten nach Australien reisen.
Bei Altona auf der Chaussee
Da taten ihnen die Beine weh,
Und da verzichteten sie weise
Dann auf den letzten Rest der Reise.

So will man oft und kann doch nicht
Und leistet dann recht gern Verzicht.

Joachim Ringelnatz

Was man von einem Hund lernen kann

- Wenn jemand, den du liebst, nach Hause kommt, dann lauf ihm freudig entgegen.
- Lass das Gefühl von frischer Luft und Wind auf deinem Gesicht immer Grund genug sein für ein ekstatisches Glücksgefühl.
- Beiß nicht, wenn es ausreicht zu knurren.
- Lass es andere wissen, wenn sie in dein Revier eingedrungen sind.
- Mach immer wieder ein Nickerchen – und streck dich genüsslich, bevor du aufstehst.
- Genieße es, wenn jemand dir Aufmerksamkeit schenkt, und habe keine Angst vor der Berührung durch andere Menschen.
- Wenn es draußen warm ist, dann mach gelegentlich mal Pause und leg dich auf den Rücken ins Gras.
- Wenn du froh bist, dann tanze und schüttle deinen ganzen Körper.
- Egal wie oft du ausgeschimpft wirst – schmolle nicht. Renne lieber zurück und versöhne dich gleich wieder.
- Genieße die einfachen Freuden beim Spaziergang.
- Sei loyal.
- Gib nie vor, etwas anderes zu sein, als du bist.

- Wenn etwas, das du haben willst, vergraben ist, grabe so lange nach danach, bis du es findest.
- Wenn jemand einen schlechten Tag hat – sei still, setz dich in seine Nähe und tröste ihn dadurch, dass du einfach da bist.

Weisheitsgeschichte

Auf der anderen Seite

Der Schwerkranke ergriff die Hand des Arztes. „Mir ist so bange vor dem Sterben. Sagen Sie mir doch, Herr Doktor, was wartet auf mich nach dem Tode? Wie wird es auf der anderen Seite aussehen?“

„Ich weiß es nicht“, antwortete der Arzt.

„Sie wissen es nicht?“, flüsterte der Kranke.

Statt eine weitere Antwort zu geben, öffnete der Arzt die Tür zum Gang. Da lief ein Hund herein, sprang an ihm hoch und zeigte auf jede Weise, dass er sich freute, seinen Herrn wiederzusehen.

Jetzt wandte sich der Arzt dem Kranken zu und sagte: „Haben Sie das Verhalten des Hundes beobachtet? Er war vorher noch nie in diesem Raum und kennt nicht die Menschen, die hier wohnen. Aber er wusste, dass sein Herr auf der anderen Seite der Tür ist, darum sprang er fröhlich herein, sobald die Tür aufging. – Sehen Sie, ich weiß auch nichts Näheres, was nach dem Tod auf uns wartet;

aber es genügt mir, zu wissen, dass mein Herr und Meister auf der anderen Seite ist. Darum werde ich, wenn eines Tages die Tür sich öffnet, mit großer Freude hinübergehen."

Weisheitsgeschichte

Katze bleibt Katze

Dschi-Yen hatte eine prachtvoll schöne Katze zum Geschenk bekommen und wollte dem Tier einen ganz besonderen Namen geben.

„Ich möchte sie ‚Tiger' nennen", sagte er zu einem Freunde. „Ein Tiger", meinte dieser, „ist zwar ein mächtiges Tier, aber doch nicht so gewaltig wie ein Drache. Nennen wir sie ‚Drache'!"

„Gewiss, der Drache ist mächtiger als der Tiger", sagte ein anderer, „doch ein Drache kann nicht bestehen ohne Wolken. Du musst das Tier ‚Wolke' nennen."

„Die Wolken können den Himmel bedecken", erklärte ein Dritter, „bedenke aber, ein plötzlich anbrechender Sturm vermag sie wieder zu verteilen. Nenne sie ‚Sturm'!"

„Eine Mauer", fiel ihm ein Vierter ins Wort, „ist stark genug, um auch dem ärgsten Sturm zu trotzen. Nenne sie doch ‚Mauer'!"

„Hört!“, rief ein anderer. „Zugegeben, eine Mauer ist stark! Ihr habt aber die Mäuse vergessen, die sie unterhöhlen und sie einstürzen lassen! Nein, Freund, du musst die Katze ‚Maus‘ nennen!“

Da begann der Hausherr herzlich zu lachen. „Die Maus“, rief er aus, „wird doch von der Katze gefressen! Da kann ich ihr ja gleich den Namen ‚Katze‘ lassen.“

Chinesische Legende

Mein Vater und der Krebs

Jede Familie ist eine kleine Religionsgemeinschaft, also muss sie auch über einen sogenannten Hausaltar verfügen. Bei uns in der Familie ist meine Frau Olga für die Gestaltung des Hausaltars zuständig. Auf dem großen schwarzen Bücherregal im Schlafzimmer befinden sich derzeit sorgfältig arrangiert: eine kaputte Taschenuhr von ihrem verstorbenen Vater, ein Bild der heiligen Maria und ein ausgestopfter Hammerfisch mit vielen kleinen, sehr gefährlich aussehenden Zähnen, den Olga vor fünfzehn Jahren mit bloßen Händen aus dem Leningrader Fluss Fontanka herausgeholt hatte. Es war ein doppeltes Wunder: Erst einmal wusste jeder Leningrader, dass es in dem Fluss seit dem Zweiten Weltkrieg keine Fische mehr gab; und zweitens kam der Hammerfisch bereits ausgestopft vorbeigeschwommen.

Olgas Freunde meinten, der Fisch sei wahrscheinlich von einem schlecht gelaunten Wissenschaftler aus dem Fenster des Zoologischen Museums geworfen worden und im Fluss gelandet. Doch Olga war der Meinung, alles, was ihr passiere, habe eine besondere Bedeutung. Und so kam sie zu dem Schluss, dass der präparierte Hammerfisch ihr Glück bringen solle. Seit damals sind Olga und er unzertrennlich.

Außerdem gehört zu unserem Hausaltar noch ein kleiner Buddha aus Holz mit abgebrochener Nase und einer alten Perlenkette. Die Hauptreliquie der Familie ist aber unser Hochzeitsfoto, auf dem wir uns küssen: ich noch mit langen Haaren und einem Schnurrbart, Olga im gestreiften Matrosenhemd und einer Baskenmütze auf dem Kopf.

Früher wollte ich mich auch einmal aktiv an der Ausgestaltung des Hausaltars beteiligen. Das war, als ich mir die Haare abschnitt und sie in einer Plastiktüte ins Regal legte. Diese Reliquie hat sich aber in unserem Hausaltar nicht eingelebt. Die Tüte wurde schnell von der Katze gefunden und in kleine Stücke zerfetzt; den Inhalt verteilte sie gnadenlos in der ganzen Wohnung. Noch Monate später fanden wir in irgendwelchen Ecken Haare von mir. Olga meinte aber, die Tüte hätte sowieso blöd ausgesehen und nicht zum Gesamtbild des Hausaltars gepasst.

Ich fand eher den Hammerfisch unpassend. Er erinnerte mich ständig an meinen Vater und seinen Flusskrebs. Meine Eltern hatten nämlich auf ihren Bücherregalen ebenfalls viel Platz gelassen, um dort ihre Reliquien zu platzieren. Dazu gehörte unter anderem ein Schwarzweißfoto von Hemingway. Er sah gut gelaunt aus, trug einen dicken Pullover und lächelte in seinen grauen Bart. Wenn mich meine Schulkameraden zu Hause besuchten, zeigten sie auf das Foto und fragten, ob das mein Opa sei.

„Ja, aber er ist schon lange tot", sagte ich jedes Mal und erzählte ihnen daraufhin, dass er ein berühmter Wissenschaftler und Seemann gewesen war.

Mein richtiger Opa war zu diesem Zeitpunkt noch quicklebendig und pensionierter Buchhalter. Er hatte jedoch nichts Heldisches an sich. Deswegen ernannte ich leichten Herzens Hemingway zu meinem Großvater. In meinen Geschichten, die ich meinen Mitschülern erzählte, kämpfte der Polarforscher Hemingway allein gegen eine Horde hungriger Eisbären und musste dauernd auf irgendwelchen Eisschollen überwintern. Am Ende starb er immer eines grausamen Todes, aber jedes Mal eines anderen. Die enge Verwandtschaft mit Hemingway hinderte mich daran, jemals seine Bücher anzufassen. Ich wollte mir das Bild von meinem Opa, das bereits in meinem Kopf existierte, nicht unnötig verkomplizieren. Meine Eltern aber haben bestimmt fast alles von ihm gelesen.

Zu seinem vierzigsten Geburtstag bekam mein Vater von seinen Arbeitskollegen eine Spinnangel geschenkt. Er fuhr an den Wochenenden oft mit ihnen zum Moskauer See, brachte aber nie einen Fisch nach Hause, wenn er abends leicht betrunken und froh gestimmt zurückkam. Meine Mutter und ich wunderten uns deswegen kein bisschen. Alle

Welt wusste, dass der Moskauer See außer Müll schon lange nichts mehr hergab. Umso größer war unsere Überraschung, als mein Vater eines Tages einen Flusskrebs anschleppte. Wie besessen erzählte er immer wieder, wie er den Krebs gefangen hatte. Das Tier war rückwärts aus dem Fluss gekrabbelt und hatte versucht, mit seiner Schere die Bierflasche meines Vaters zu öffnen. Die Flasche hatten seine Kollegen im Ufersand vergraben, um sie kühl zu halten. Wahrscheinlich wollte der Krebs nur die Kraft seiner Schere ausprobieren – dabei fiel er meinem Vater zum Opfer. Und nun lag er bei uns zu Hause auf dem Küchentisch und bewegte sich nicht von der Stelle. Mein Vater strahlte und war auf seine Beute sehr stolz.

„Soll ich ihn dir zu Mittag zubereiten?", fragte meine Mutter.

„Um Gottes willen", erschreckte sich mein Vater, „ich werde ihn präparieren und zur Erinnerung aufbewahren."

Der Krebs sollte zu einer Familienreliquie werden und einen Ehrenplatz neben Opa Hemingway einnehmen. Mein Vater telefonierte daraufhin mit einem Freund, der im Krankenhaus als Techniker arbeitete, und fragte ihn, wie man einen Krebs am besten präpariert.

„Man muss ihn in Spiritus einlegen, damit er nicht verfault", meinte der Spezialist. „Nach ein paar Tagen holst du ihn wieder raus, nimmst einen

Pinsel und bestreichst ihn mit Lack. Zum Beispiel mit farblosem Nagellack. Frag deine Frau, ob sie so etwas hat."

Wir hatten immer eine Menge Spiritus im Küchenschrank. Jeden Monat brachte mein Vater ein volles Drei-Liter-Glas von der Arbeit nach Hause. In seinem Betrieb standen in jeder Werkhalle riesengroße Kanister mit Spiritus herum, das Zeug wurde für technische Zwecke und gleichzeitig zur Aufmunterung der Brigaden benutzt.

Mein Vater legte den Flusskrebs mit dem Kopf nach unten in ein Glas und übergoss ihn mit Spiritus. Zwei Tage steckte der Krebs im Glas. Dann holte ihn mein Vater heraus, nahm den farblosen Nagellack meiner Mutter, eine kleine Bürste und bemalte ihn von allen Seiten. Die fertige Reliquie legte er zum Trocknen auf eine Zeitung in der Küche. Glücklich und zufrieden ging er erst einmal Bier holen. Als er zurückkam, war der Krebs verschwunden. Die ganze Familie durchsuchte die Wohnung, wir folgten den Lackspuren auf dem Boden und fanden ihn schließlich unter dem Sofa im Gästezimmer.

Es war ein wahres Wunder – der lackierte Krebs lebte. Er lebte und war allem Anschein nach noch stockbesoffen dazu. Auf alle Fälle erwies sich das Schalentier als unglaublich zählebig. Nach dem zweitägigen Spiritusbad hatte er zudem alle Hemmungen verloren und konnte sich nun auf einmal nicht nur rückwärts, sondern auch vorwärts bewegen und sogar zur Seite springen. Das alles tat er auch, und zwar viel schneller, als man bei Krebsen vermuten würde. Er ließ sich einfach nicht fangen, sprang unter dem Sofa hin und her und machte dabei komische Geräusche. Meine Mutter meinte, die gequälte Kreatur wolle uns damit sagen, wir sollen sie in Ruhe lassen, ich war jedoch der Meinung, dass sie einfach nur rülpste.

Mein Vater jagte den Krebs durch die ganze Wohnung und er kroch mit einem Besen bewaffnet unter alle Möbel. Das betrunkene Tier erwies sich aber als sehr schlau und stellte seinem Verfolger ständig neue Fallen. Permanent knallte mein Vater mit dem Kopf gegen verschiedene Möbelstücke, einmal blieb er sogar unter dem Sofa stecken und beschimpfte den Krebs fürchterlich. Uns schien es, als würde das Tier unseren Haupternährer durch die Wohnung jagen. Meine Mutter und ich schlossen Wetten ab, wie lange mein Vater gegen den Krebs aushalten würde. Doch schon nach ungefähr einer Stunde siegte die rohe Gewalt über den Intellekt und mein Vater hatte seinen Krebs wieder im Glas.

Diesmal ließ er ihn zur Sicherheit eine ganze Woche lang in Spiritus baden und bemalte ihn danach dreimal hintereinander mit dem Nagellack meiner Mutter. Diese Operation hatte Erfolg. Der Krebs bewegte sich nicht mehr und bekam dann den ehrenvollen Platz auf dem Hausaltar der Erinnerungen. Wenn ich von der Schule nach Hause kam, warf ich als Erstes einen Blick auf das Regal. Lange Zeit hatte ich die Hoffnung, dass unser Freund vielleicht doch noch am Leben war und eines Tages in die große weite Welt abhauen würde, vielleicht sogar mit Hemingway zusammen – in Richtung Arktis.

Das passierte jedoch nicht. Im Gegenteil: Nach einer Weile fing es bei uns in der Wohnung an zu stinken. Der Geruch kam eindeutig vom Bücherregal, mein Vater wollte es allerdings nicht wahrhaben. Er konnte einfach nicht glauben, dass seine Einbalsamierungsmethode falsch gewesen war.

„Nein, nein, das ist bestimmt nicht der Krebs", sagte er jedes Mal, wenn wir uns über den ekelhaften Geruch beschwerten.

„Wer denn?", fragten wir misstrauisch. „Vielleicht der Fernseher?"

Der Gestank kam hundertprozentig von dem Krebs. Eines Tages warf ihn meine Mutter einfach auf den Müll. Großvater Hemingway und die Spinnangel aus Plastik blieben; sie wanderten sogar später mit uns nach Deutschland aus.

Wladimir Kaminer

Der Wettkampf der Frösche

Unter den Fröschen wurde ein Wettkampf ausgetragen. Ziel war es, auf die Spitze eines großen Wasserturms zu gelangen. Es versammelten sich viele andere Frösche. Große und kleine, alte und junge, um zuzusehen und ihre Artgenossen eifrig anzufeuern.

Zur festgesetzten Zeit begann der Wettlauf. Aber in Wirklichkeit glaubte keiner der zahlreichen Zuschauer daran, dass auch nur ein Frosch auf die Spitze des hohen Turmes gelangen könnte. Alles, was man hörte, waren Sätze wie: „Die Armen! Sie werden es nie schaffen!"

Und tatsächlich gaben bald darauf die Wettlauffrösche einer nach dem anderen auf – alle außer einem einzigen, der eifrig und mit großer Anstrengung versuchte, die Spitze des Turmes zu erreichen.

Die Zuschauer riefen: „Der Arme! Er wird es nie schaffen!" Aber der Dickschädel gab nicht auf und kämpfte weiter. Unter großer Anstrengung erreichte er sein Ziel.

Nun wollten die Übrigen von ihm wissen, wie er das geschafft habe. Als sich ein Journalistenfrosch näherte, um ihn zu befragen, da merkten sie ... dass er taub war!

Weisheitsgeschichte

Hund und Katze

Miezel, eine schlaue Katze,
Molly, ein begabter Hund,
Wohnhaft an demselben Platze,
Hassten sich aus Herzensgrund.

Schon der Ausdruck ihrer Mienen,
Bei gesträubter Haarfrisur,
Zeigt es deutlich: Zwischen ihnen
Ist von Liebe keine Spur.

Doch wenn Miezel in dem Baume,
Wo sie meistens hin entwich,
Friedlich dasitzt wie im Traume,
Dann ist Molly außer sich.

Beide lebten in der Scheune,
Die gefüllt mit frischem Heu.
Alle beide hatten Kleine
Molly zwei und Miezel drei.

Einst zur Jagd ging Miezel wieder
Auf das Feld. Da geht es bumm.
Der Herr Förster schoss sie nieder.
Ihre Lebenszeit ist um.

Oh, wie jämmerlich miauen
Die drei Kinderchen daheim.
Molly eilt, sie zu beschauen,
Und ihr Herz geht aus dem Leim.

Und sie trägt sie kurz entschlossen
Zu der eignen Lagerstatt,
Wo sie nunmehr fünf Genossen
An der Brust zu Gaste hat.

Mensch mit traurigem Gesichte,
Sprich nicht nur von Leid und Streit.
Selbst in Brehms Naturgeschichte
Findet sich Barmherzigkeit.

Wilhelm Busch

Nur eine Mutter
weiß allein, was lieben
heißt und glücklich sein

Der Hirschkäfer

Ein Hirschkäfer, der weidete
mit seinen siebzehn Rehen,
und jedermann beneidete
ihn um die vielen Ehen.

Da kam der Knabe Fritz heran –
die Rehkäfer entkamen;
der Hirsch jedoch griff mutig an,
zu schützen seine Damen!

Er musste sterben. – Mit der Lei-
che rannte heim der Bube – – –!
Jetzt ziert des Käfers Hirschgeweih
Schwesterchens Puppenstube …

Heinz Erhardt

Sieben Stäbe

Ein Vater hatte sieben Söhne, die öfter miteinander uneins waren. Über dem Zanken und Streiten versäumten sie die Arbeit. Einige böse Menschen hatten im Sinn, diese Uneinigkeit zu benutzen, um die Söhne nach dem Tod ihres Vaters um ihren Erbteil zu bringen.

Da ließ der alte Mann alle sieben Söhne zusammenkommen, legte ihnen sieben Stäbe vor, die fest zusammengebunden waren, und sagte: „Dem von euch, der dieses Bündel Stäbe zerbricht, zahle ich hundert Goldstücke."

Einer nach dem anderen strengte all seine Kräfte an, und alle sieben stellten nach langem, vergeblichem Bemühen einmütig fest: „Es ist gar nicht möglich."

„Und doch", sagte der Vater, „ist nichts leichter!"

Er löste das Bündel auf und zerbrach mühelos einen Stab nach dem anderen.

„Oh", riefen die Söhne erstaunt aus, „so ist es natürlich leicht. Das könnte ein kleiner Junge!"

Der Vater aber sprach: „So wie mit diesen Stäben, so ist es auch mit euch. So lange ihr fest zusammenhaltet, werdet ihr bestehen und niemand wird euch überwältigen können. Wird aber das Band der Eintracht, das euch verbinden soll, aufgelöst, so geht es euch wie den Stäben, die hier zerbrochen auf dem Boden liegen."

Legende

Die Schildkröte

Ein kleiner Junge, der auf Besuch bei seinem Großvater war, fand eine kleine Landschildkröte und ging gleich daran, sie zu untersuchen. Im gleichen Moment zog sich die Schildkröte in ihren Panzer zurück und der Junge versuchte vergebens, sie mit einem Stöckchen herauszuholen. Der Großvater hatte ihm zugesehen und hinderte ihn daran, das Tier weiter zu quälen.

„Das ist falsch", sagte er, „komm, ich zeig dir, wie man das macht."

Er nahm die Schildkröte mit ins Haus und setzte sie auf den warmen Kachelofen. In wenigen Minuten wurde das Tier warm, steckte seinen Kopf und seine Füße heraus und kroch auf den Jungen zu.

„Menschen sind manchmal wie Schildkröten", sagte der Mann. „Versuche niemals, jemanden zu zwingen. Wärme ihn nur mit etwas Güte auf und er wird seinen Panzer verlassen können."

Weisheitsgeschichte

Die Welt in Ordnung bringen

Ein kleiner Junge kam zu seinem Vater und wollte mit ihm spielen. Der aber hatte keine Zeit für den Jungen und auch keine Lust zum Spiel. Also überlegte er, womit er den Knaben beschäftigen könnte. Er fand in einer Zeitschrift eine komplizierte und detailreiche Abbildung der Erde. Dieses Bild riss er aus und zerschnipselte es dann in viele kleine Teile. Das gab er dem Jungen und dachte, dass der mit diesem schwierigen Puzzle wohl eine ganze Zeit beschäftigt sei.

Der Junge zog sich in eine Ecke zurück und begann mit dem Puzzle. Nach wenigen Minuten kam er zum Vater und zeigte ihm das fertig zusammengesetzte Bild. Der Vater konnte es kaum glauben und fragte seinen Sohn, wie er das geschafft habe. Das Kind sagte: „Ach, auf der Rückseite war ein Mensch abgebildet. Den habe ich richtig zusammengesetzt. Und als der Mensch in Ordnung war, war es auch die Welt."

Weisheitsgeschichte

Bittere Semmeln

Soll ich erzählen, warum ich nie wieder frische Semmeln zum Frühstück hole?

Eines Tages wollte ich morgens frische Semmeln holen und rief fröhlich durchs Haus: „Ich geh' jetzt Semmeln holen! Wer kommt mihit?"

Stille. „Max, willst du nicht mit?", fragte ich, aber er lehnte ab, und ich freute mich auf ein paar ruhige Minuten in der Morgenluft.

„Ach, ich geh' mit, Papa", sagte Anne, als ich schon fast draußen war. „Darf ich meine Lackschuhe anziehen?"

„Nein, Anne, das geht nicht. Es hat die ganze Nacht geregnet und ein bisschen regnet es immer noch. Zieh bitte Gummistiefel an."

„Ich mag aber keine Gummistiefel."

„Dann musst du eben hierbleiben."

„Ich will aber mit."

„Ja, aber mit Lackschuhen geht das nicht, Anne. Sie gehen kaputt im Regen." Sie heulte laut und zornig.

Max stand in der Tür: „Ich geh' doch mit, Papa."

„Ja, ist gut, Max, dann zieh du auch Gummistiefel an."

„Ja, aber wo sind die?"

Ich rief durchs Haus: „Wo sind denn Max' Gummistiefel?"

Antje antwortete: „Im Keller."

„Max, gehst du bitte runter und holst sie?“ Max ging in den Keller.

Antje sagte: „Kannst du nicht Marie auch mitnehmen?“

Klar könne ich das, sagte ich und setzte mich auf die Treppe, um ihr Gummistiefel anzuziehen. Aus dem Keller rief Max: „Hier sind meine Gummistiefel nicht!“

„Moment, ich werde mal in deinem Zimmer nachschauen“, rief ich und stellte Marie für einen Augenblick wieder ab. Sie begann zu weinen, weil sie dachte, ich wolle ohne sie frische Semmeln holen gehen. Anne heulte immer noch. Oben waren die Gummistiefel auch nicht. „Anne, kann Max nicht schnell deine Gummistiefel anziehen? Du willst sie ja eh nicht, bleibste eben so lange hier.“

Hastig zog sich Anne ihre Gummistiefel an, öffnete die Tür und ging raus. Max schrie: „Gebt mir endlich meine Gummistiefel!“ Ich beruhigte Marie und zog ihr einen Stiefel an.

Anne sagte: „Max’ Stiefel stehen hier draußen vor der Tür.“

Ich sagte: „Mensch, Junge, wie oft hab’ ich dir schon gesagt, du sollst die Stiefel nicht draußen stehen lassen. Jetzt sind sie innen nass.“ Max versuchte, sich die Stiefel anzuziehen. Ich sagte: „Max, das geht nicht, lass sie stehen.“ Er machte weiter. Ich stellte Marie kurz ab und nahm Max seine Stiefel weg, in denen vom Wolkenbruch in der Nacht fingerhoch das Wasser stand. Sein rechter Strumpf war bereits klatschnass. Marie brüllte, weil sie schon wieder dachte, ich wolle ohne sie aufbrechen. Max schrie, weil er seine Stiefel wollte. Anne fragte: „Wann gehen wir endlich los?“

Ich zog Marie ihren zweiten Stiefel an. „Max“, sagte ich, „dann bleib eben hier, wir sind ja gleich wieder da.“

„Ich will aber mit!“, brüllte Max.

Ich schwitzte und hatte Hunger. „Ich laufe jetzt allein zum Bäcker, bleibt alle hier!“, schrie ich. „Dieser Semmelstiefelwahnsinn!“ Schrilles Gebrüll, dreistimmig. So würde es nicht gehen. „Dann zieh in drei Teufels Namen deine Turnschuhe an, Max, aber patsch nicht in jede Pfütze damit. Und hol dir trockene Strümpfe vorher.“

„Manno, dann muss ich ja schon wieder nach oben in mein Zimmer.“

Marie war inzwischen auch hinausgegangen. Weil Anne die Haustür geöffnet hatte, hatten die Nachbarn alles mitgehört und sich neugierig vor unserem Haus versammelt. Max kam mit Turnschuhen wieder und ging hinaus.

„Aaaaah!!!“, brüllte Anne. „Er darf seine Turnschuhe anziehen, aber ich nicht die Lackschuhe!“ Die Nachbarn betrachteten mich erwartungsvoll. Marie war bereits in eine Riesenpfütze gefallen und hüftabwärts vollkommen durchnässt. Max wollte lieb sein und half ihr wieder auf die Beine, wobei er bis zu den Knöcheln mit den Turnschuhen ins Wasser trat. Ich nahm Marie auf den Arm. Auf meinem Mantel bildeten sich große Schlammflecken.

So machten wir uns auf den Weg, bahnten uns eine Gasse durch die Menschenansammlung, eine kleine Karawane, hungrig, schmutzig, verschwitzt, entnervt. Wir holten frische Semmeln. Zum letzten Mal für viele Jahre.

Axel Hacke

Ein junges Reis vom alten Stamm

Jede Premiere ist mit Lampenfieber und Aufregung aller Art verbunden, aber die erste Vorstellung eines Neugeborenen vor der Verwandtschaft, sozusagen seine Uraufführung, stellt alles in den Schatten.

Da die beste Ehefrau von allen darauf bestanden hatte, unseren Sohn Rafi mitten in der Nacht zur Welt zu bringen, konnte ich die elterliche Inspektion erst am nächsten Tag vornehmen. Der Arzt ersuchte mich, unbedingt allein zu kommen – ein sehr vernünftiger Wunsch, dem ich willig Folge leistete. Ich nahm lediglich meine Mutter mit, einfach deshalb, weil sie meine Mutter ist, und außerdem, um Familienzwistigkeiten zu vermeiden, Rafis Großeltern mütterlicherseits. Natürlich musste man unter den gegebenen Umständen auch Tante Ilka und Onkel Jakob berücksichtigen, aber sonst nur noch die Zieglers, die für den neuen Erdenbürger ein süßes kleines Geschenk vorbereitet hatten, bestehend aus gestrickten Miniaturschuhen in Weiß, einer ebensolchen Kopfbedeckung und einem Paar bezaubernder himmelblauer Höschen.

Übrigens stellten sich auch Tante Ilka und Onkel Jakob mit dem gleichen Geschenk ein, ebenso meine Mutter und eine Anzahl von Freunden und Bekannten. Und der Milchmann. Schade, dass unser Kind mit der Zeit wachsen wird. Es wäre sonst bis ans Lebensende mit Kleidung versorgt gewesen. (Eines ist sicher: Wer mich in Hinkunft zu einer Beschneidungsfeier einlädt, bekommt von mir ein süßes kleines Geschenk.)

Nun verhielt es sich keineswegs so, als hätte ich über dem Neugeborenen etwa seine Mutter vergessen, o nein. Nur zu gut entsann ich mich des feierlichen Versprechens, das ich ihr während der schweren Stunden vor der Geburt gegeben hatte und in dem immer wieder die Worte „Brillantschmuck“ und „Nerz“ vorgekommen waren.

Nach der glücklich vollzogenen Ankunft unseres Rafi begann ich die Lage allerdings etwas ruhiger zu betrachten und fand es lächerlich, jetzt, da der Sommer nahte, einen Pelzmantel zu kaufen. Ich begnügte mich damit, auf dem Weg zur Klinik einen Juwelier aufzusuchen. Mein Blick fiel auf ein diamantenbesetztes goldenes Armband und dann auf den Preis. Damit war die Sache erledigt. So etwas kann meine Frau nicht von mir verlangen. Wofür hält sie mich eigentlich? Für einen zweiten Onassis? Nur weil sie ein Baby zur Welt gebracht hat? Das haben schon andere Frauen vor ihr getan.

Ich erstand also einen wunderschönen, mit Goldfäden zusammengebundenen Strauß roter Nelken und eine Banane für Rafi. Überdies hatte ich meinen besten dunklen Anzug angelegt, solcherart den Respekt bekundend, den ich der Leistung meiner Ehefrau entgegenbrachte. Sie sollte sehen, dass ich ihr die Höllenqualen, die ich in der vorangegangenen Nacht durchlitten hatte, nicht übelnahm. Ich würde ihr gar nichts davon sagen. Meinetwegen brauchte sie sich keine Gewissenbisse machen.

Unterwegs schärfte uns meine Mutter ein, dem Baby gegenüber eine Distanz von mindestens anderthalb Metern zu wahren, damit es nicht mit den Viren, Mikroben und Bazillen in Kontakt käme, die wir mitbrächten. Der Ratschlag fand keine übermäßig günstige Aufnahme. Tante Ilka zum Beispiel hielt es für wichtiger, dass dem Baby – besonders vonseiten der Großeltern – jene dümmliche Konversation erspart bliebe, die sich in Redewendungen wie „kutschili-mutschili" zu ergehen liebten; dies wäre der erste Schritt zu einer völlig verfehlten Erziehung.

In einigermaßen gereizter Stimmung erreichten wir die Klinik.

Der Portier, der offenbar eine anstrengende Entbindungsnacht hinter sich hatte, gab sich gerade einem kleinen Nickerchen hin, sodass wir mühelos an ihm vorbeikamen. Eine Krankenschwester wies uns den Weg zu Rafis Mutter. Mit angehaltenem Atem klopften wir an die Türe, traten ein – und standen in einem leeren Zimmer.

Onkel Jakob, der sich auf zwei Semester Pharmakologie berufen kann, klärte uns auf: Wahrscheinlich fand soeben die Nachgeburtsuntersuchung statt.

In diesem Augenblick ertönte vom Korridor her der triumphierende Aufschrei Tante Ilkas: „Hier! Hier!"

Wir stürzten hinaus – und da – auf einer Art Buffetwagen – nach unten ein wenig ausgebuchtet – weiß in weiß ...

„Lieber Gott, das Kleine", flüsterte Großmama mütterlicherseits. „Wie süß es ist. Wie süß ..."

Auch meine Mutter brachte nur mühsam ein paar Worte hervor: „O du mein Herzblättchen ... o du mein geliebtes Herzblättchen ..."

„Ich kann leider gar nichts sehen", stellte ich fest.

„Natürlich nicht", belehrte mich Tante Ilka. „Das Kleine ist ja völlig eingepackt."

Behutsam zog sie das weiße Laken ein wenig zurück und fiel in Ohnmacht.

Da lag Rafi.

Ich sage nicht zu viel: ein Barockengel. Um sein zartes Köpfchen schwebte es wie goldener Heiligenschein.

Großmama brach in Tränen aus: „Der ganze Oskar. Meinem seligen Bruder Oskar wie aus dem Gesicht geschnitten. Der Mund ... und die Nase ..."

„Und was ist mit den Ohren?", erkundigte sich Großpapa.

„Die hat er von mir!“

„Unsinn“, widersprach Onkel Jakob. „Wem ein Kind ähnlich sieht, erkennt man am Kinn. Und das Kinn hat er von Viktor. Genauso schiebt Viktor sein Kinn nach vorne, wenn er beim Bridge ein schlechtes Blatt bekommt.“

„Wenn ihr *mich* fragt“, mischte sich Frau Ziegler ein, „ist er ein genaues Ebenbild seiner Mutter. Ich sehe sie vor mir. Besonders die Augen. Er macht sie genauso auf und zu. Ganz genauso. Auf-zu, auf-zu …“

Ich meinerseits war ein wenig verwirrt. Beim Anblick des Kleinen hatte ich mein Herz laut schlagen gehört und dazu eine innere Stimme, die mir zuraunte: „Das ist kein Spaß, alter Knabe, das ist dein Sohn, dein Sprössling, dein Stammhalter.“ Ich liebte Rafi von der ersten Sekunde an. Ich liebte ihn leidenschaftlich. Und trotzdem – ich weiß nicht recht, wie ich mich ausdrücken soll –: Er sah eigentlich mehr einem alten Börsenmakler ähnlich als irgendjemandem sonst: glatzköpfig, zahnlos, mit tiefen Ringen unter den Augen und mit geröteter Haut …

Gewiss, er war ein herziger kleiner Makler, das ließ sich nicht leugnen. Aber die Enttäuschung, dass er bei meinem Anblick nicht sofort „Papi, Papi!“ gerufen hatte, nagte an mir.

Jetzt öffnete er den Mund und gähnte sich eins.

„Habt ihr seinen Gaumen gesehen?“, stieß Tante Ilka hervor. „Onkel Emil wie er leibt und lebt!“

Wahrlich, die Natur wirkt Wunder. Oder ist es nicht wunderbar, dass ein so winziges Wesen alle physischen und geistigen Eigenheiten seiner Vorfahren in sich vereinigt? Tief bewegt umstanden wir unseren Nachkommen.

„Entschuldigen Sie“, sagte eine Schwester und schickte sich an, den Buffetwagen wegzuschieben.

„Wo ist Frau Kishon?“, fragte ich.

„Was für eine Frau Kishon?“

„Die Mutter. Ist das nicht der Sohn von Frau Kishon?“

„Das Baby hier? Das gehört Frau Sharabi. Außerdem ist es ein Mädchen ...“

Und sie schob den hässlichen kleinen Wechselbalg mit sich fort.

Es ist höchste Zeit, dass etwas gegen die anarchischen Zustände in unseren Spitälern unternommen wird.

Ephraim Kishon

Die Zwillinge

Es geschah, dass im Schoß einer Mutter Zwillingsbrüder empfangen wurden. Die Wochen vergingen und die Knaben wuchsen heran. In dem Maß, wie ihr Bewusstsein wuchs, stieg ihre Freude.

„Sag, ist es nicht großartig, dass wir empfangen wurden? Ist es nicht wunderbar, dass wir leben?"

Die Zwillinge begannen ihre Welt zu entdecken. Als sie die Schnur fanden, die sie mit ihrer Mutter verband und die ihnen die Nahrung gab, da sangen sie vor Freude: „Wie groß muss die Liebe unserer Mutter sein, dass sie ihr eigenes Leben mit uns teilt!"

Als aber die Wochen vergingen und schließlich zu Monaten wurden, merkten sie plötzlich, wie sehr sie sich verändert hatten.

„Was soll das heißen?", fragte der eine.

„Das heißt", sagte der andere, „dass unser Aufenthalt in dieser Welt bald zu Ende geht."

„Ich will doch gar nicht gehen", entgegnete der eine, „ich möchte für immer hierbleiben."

„Wir haben keine andere Wahl", sagte der andere, „aber vielleicht kommt noch irgendetwas nach der Geburt!"

„Wie könnte das sein?", fragte zweifelnd der Erste. „Wir werden unsere Lebensschnur verlieren und wie sollen wir ohne sie leben können? Außerdem haben auch schon andere vor uns diesen Schoß hier verlassen und keiner von denen ist zurückgekehrt und hat gesagt, dass es ein Leben nach der Geburt gibt. Nein, dies ist das Ende!"

So fiel der eine von ihnen in tiefen Kummer und sagte: „Wenn unser Leben mit der Geburt endgültig endet, welchen Sinn hat es dann gehabt? Gar keinen! Womöglich gibt es gar keine Mutter hinter alldem."

„Aber sie muss doch existieren", widersprach der andere, „wie sollten wir sonst hierhergekommen sein? Und wie konnten wir am Leben bleiben?"

„Hast du je unsere Mutter gesehen?", fragte der eine. „Womöglich lebt sie nur in unserer Vorstellung. Wir haben sie uns erdacht, weil wir uns dadurch unser Leben besser erklären können."

Und so waren die letzten Tage im Schoß der Mutter gefüllt mit vielen Fragen und großer Angst. Schließlich kam der Moment der Geburt. Als die Zwillinge ihre Welt verlassen hatten, öffneten sie ihre Augen. Und was sie da sahen, übertraf ihre kühnsten Träume.

Weisheitsgeschichte

Sommer, Sonne, Heiterkeit

Der Kohl

Unter all den hübschen Dingen
In der warmen Sommerzeit
Ist ein Korps von Schmetterlingen
Recht ergötzlich insoweit.

Bist du dann zu deinem Wohle
In den Garten hinspaziert,
Siehst du über deinem Kohle
Muntre Tänze aufgeführt.

Weiß gekleidet und behände
Flattert die vergnügte Schar,
Bis dass Lieb und Lust zu Ende
Wieder mal für dieses Jahr.

Zum getreuen Angedenken,
Auf den Blättern kreuz und quer,
Lassen sie zurück und schenken
Dir ein schönes Raupenheer.

Leidest, du, dass diese Sippe
Weiterfrisst, wie sie begehrt,
Kriegst du nebst dem Blattgerippe
Nur noch Proben ohne Wert.

Also ist es zu empfehlen,
Lieber Freund, dass du dich bückst
Und sehr viele Raupenseelen,
Pitsch, aus ihren Häuten drückst.

Denn nur der ist wirklich weise,
Der auch in die Zukunft schaut.
Denk an deine Lieblingsspeise:
Schweinekopf mit Sauerkraut.

Wilhelm Busch

Wo Himmel und Erde einander berühren

Zwei Mönche lasen in einem alten Buch, es gebe einen Ort auf dieser Welt, wo Himmel und Erde einander berühren. Sie lasen weiter: Wer diesen Ort finde, der habe das Glück seines Lebens gefunden.

Da machten sie sich auf, diesen Ort zu suchen. Der Weg schien ungeheuer weit. Sie nahmen große Anstrengungen auf sich und konnten lange nicht finden, was sie suchten. Eine Tür sei dort, hatten sie gelesen, man brauche nur zu klopfen und einzutreten.

Endlich fanden sie doch, was sie suchten. Sie standen vor der Tür und klopften an. Bebenden Herzens traten sie ein. Und als sie aufschauten, standen sie zu Hause in ihrem Kloster.

Legende

Jenseits des Tümpels

Eine Geschichte erzählt von dem Gespräch zwischen einer Libellenlarve, die immer wieder den unwiderstehlichen Drang nach oben hat, um neue Luft zu schöpfen, und einem Blutegel, der sagt: „Hab ich vielleicht jemals das Bedürfnis nach dem, was du Himmelsluft nennst?"

„Ach", erwiderte die Libellenlarve, „ich hab nun einmal die Sehnsucht nach oben. Ich versuche auch schon einmal, an der Wasseroberfläche nach dem zu schauen, was darüber ist. Da sah ich einen hellen Schein und merkwürdige Schattengestalten huschten über mich hinweg. Aber meine Augen müssen wohl nicht geeignet sein für das, was über dem Teich ist. Aber wissen möchte ich es doch!"

Der Blutegel krümmte sich vor Lachen. „Oh du fantasievolle Seele, du meinst, über dem Tümpel gibt es noch was? Lass doch diese Illusionen. Glaub mir als einen erfahrenen Mann: Dieser Tümpel ist die Welt – und die Welt ist ein Tümpel. Und außerhalb dessen ist nichts!"

„Aber ich hab doch den Lichtschein gesehen und Schatten!?"

„Hirngespinste! Was ich fühlen und betasten kann, das ist das Wirkliche", erwiderte der Blutegel.

Aber es dauerte nicht lange, bis sich die Libellenlarve aus dem Wasser heraushob. Flügel wuchsen ihr, goldenes Sonnenlicht und blauer Himmelsschein umspülten sie und sie schwebte schimmernd über den niedrigen Tümpel davon.

Weisheitsgeschichte

Einladung zu Sommergewittern

Die Witwe Saatmantel, von deren Jugend nur die Legende weiß, lädt alljährlich zu Sommergewittern ein. Wenn vor den dicht verschlossenen Fenstern der Sommer Tag um Tag brütet, ohne dass ein eiliger Guss oder gar ein anhaltender Landregen sich gezeigt hat, darf man stündlich mit einer Einladung rechnen. Boten bringen die kleinen Billetts ins Haus und keines Dieners Daumen wird sich sträuben, den wohlentworfenen Schriftsatz der Einladungskarten verschwiegen zu überprüfen: Sie sind geprägt. Man erfährt, dass, wenn es der Himmel erlaube, man für heute Abend zu einem Sommergewitter eingeladen sei, und sogleich rüstet man sich für den Weg.

Immer wieder ist es anregend, zur Anfahrt die kleine Straße über Rastatt zu benutzen. Sei es die Nähe der Berge, sei es die Enge der noch ebenen, viel gewundenen Wegstrecke, jedenfalls verkleinert sich die Landschaft hier zusehends, rechts und links zieht sie sich zu immer schmalerer und überschaubarer Winzigkeit zusammen und entzieht sich fast ganz: Die Welt wird zur Gasse, die durstig und geradenwegs in den Landsitz der Witwe Saatmantel führt.

Die kleine Straße verlassend, durchfährt man ein einzelnes Tor, und, während der Wagen in eine niedere, dunkle Gangart verfällt, hört man den feinen Kies unter den schlurfenden Rädern. Hinter dem Hause findet man die Gefährte der anderen Gäste in der Zufälligkeit ihrer Ankünfte wahllos durcheinander aufgestellt – der Zauder der Platzwahl noch an den schräg verstellten Rädern erkennbar. Die Tafeln sind vor dem Hause errichtet; fast staunt man, sie anlässlich des erwarteten Naturereignisses so überladen zu finden. Die feinen Toiletten der Damen – weite flockige Gewänder, an denen ausgesuchte Corsagen verteilt sind –, die dunkle Kleidung der Männer, in deren Brusttaschen sich weiße Ziertücher gebläht wie Segel davonzumachen scheinen, die achtlos gehaltenen Gläser und schließlich die unter den Bäumen seltsam entschwindende, verführerische Musik lassen das nahe Gewitter vergessen.

Dennoch bleibt es, wenn einmal die Tafel eröffnet ist, nicht aus, dass in gewissen Tischreden des erwarteten Gewitters gedacht wird. So lange man zurückdenken kann, ist jedes Mal dieser Henri Plein, ein höherer Justizbeamter, aufgestanden und hat seiner Hoffnung Ausdruck gegeben, es werde diesmal zu einem französischen Landgewitter kommen. Die nahe Grenze, sagt er, gestatte solche Wunschträume; jeder, dem französische Gewitter unbekannt seien, müsse hier bedauert werden, seien sie doch viel geistreicher als deutsche Gewitter. Solche Reden reizen zwar zum Widerspruch, aber es weiß niemand, warum Frau Blesse, sonst eine kritische Kennerin, immer wieder das Augenmerk der entrüsteten Gäste auf Ganghofer-Gewitter hinlenkt. Welcher Art auch immer die Mutmaßungen über die Beschaffenheit des Gewitters sein mögen, das man erwartet –, stets wird man bemerken, dass Frau Saatmantel ihnen nicht wohlgesonnen ist. Vielmehr ist der Sinn der Witwe darauf gerichtet, das Nahen des Gewitters, selbst wenn es sich durch tiefes Grollen und erste schwere Tropfen bereits ankündigt, vergessen zu machen. Freilich weiß die Witwe, dass es sich nie wieder so unvermittelt einstellen wird wie vor Zeiten, als es anlässlich einer bloß als solchen geplanten Sommergesellschaft eine erregte, hier und dort kreischende Menschenmenge in die schmale Diele des Hauses trieb – einen Herrn Wurf, einen Charmeur von betörendem Äußeren, wegen seiner völlig durchnässten Kleider zum Bleiben zwingend. Der Gedanke, folgende Sommerpartys so zu legen, dass ein Gewitter sie krönen werde, lag auf der Hand – ein kostspieliger Gedanke übrigens, denn stets werden viele Möbel durch die nicht selten heftigen Regenfälle vernichtet, ganz deutlich kann man das von den Fenstern aus beobachten.

In den ersten Jahren war es schwierig, Kapellen für die Gewitterpartys zu finden, hatte es sich doch in Musikerkreisen herumgesprochen, wie beschwerlich und recht eigentlich würdelos diese freilich hoch dotierten Engagements seien, indem nämlich die Herren oft im strömenden Regen weiterzuspielen angehalten wurden: zerstörte Instrumente, verquollene Violinen zum Beispiel, waren die Folge. Würdelos war dies nach Meinung der Musiker, weil man von den fest verschlossenen Fenstern des schützenden Hauses her die Musik ohnehin nicht vernehmen konnte. Von dort wurden die musizierenden Herren nur für Bruchteile von Sekunden den erheiterten Gästen im Schein eines Blitzes sichtbar. Bläulich-grün standen sie da, eng aneinandergedrängt, mit großen Augen, die Messingrohre oder Geigenstöcke reglos in den Himmel gehoben, eine Gruppe, einem einzigen Eiszapfen ähnlich oder wie zu einer Momentaufnahme bereitgestellt. Hinter den rinnenden Fenstern erblickten sie die von brüllendem Gelächter wild verzerrten Gesichter der Gäste. Viel Lob erntete die Witwe, deren Sinn für das Dramatische hier sichtbar wurde, für diesen Effekt, dessen man gleichwohl entsagen musste, als immer wieder Blitze das makellose Metall der Waldhörner schwarz verstümmelten. Heute spielen die Herren, wenn der Regen einsetzt, auf zu diesem Behufe mitgeführten Scheininstrumenten. Sind diese aufgeweicht, so bittet man sie ins Haus, wo sie eine kräftige Fleischbrühe erwartet.

Das Innere des Hauses entbehrt, wenn sich die Gesellschaft glücklich gerettet hat, nicht des Chaotischen. Triefende Kleider werden ausgewrungen, große Wasserlachen bilden sich in den Gesellschaftsräumen des Parterre und es kann nicht verschwiegen werden, dass es beim Aufzucken eines Blitzes oder wenn ein großer Donner die Fenster klirren lässt, zu vielen schreckhaften Umarmungen kommt. Mancher Diener hat, während es draußen zusehends Nacht wird und ein fahler Widerschein entfernter Blitze die Gesellschaft in Atem hält, die schwere Hand der Witwe auf seinem Arm gespürt, sehr nachdrücklich sogar, und niemand kann sagen, wie viele der Gäste über Nacht zu bleiben gezwungen sind. Da nicht immer trockene Kleider zum Auswechseln in genügender Zahl zur Verfügung stehen, muss zu entlegenen Kostümen gegriffen werden: Es kommt zu Maskierungen, einer Art natürlichen Karnevals sozusagen. Hinter hastig erstellten spanischen Wänden vernimmt man oft Gelächter – vom Kamin her wirft ein prasselndes Feuer Schatten über die Räume –, die Gewissheit plötzlicher Isolation von der Außenwelt verbreitet eine eigenartige Stimmung. Der Verdacht lässt sich nicht unterdrücken, dass die Witwe Saatmantel in vorgängiger Kenntnis der Vertrautheiten und Sensationen, zu denen ein Naturereignis immer eine Gruppe von Menschen vereint –, dass die Witwe, eine lebenslustige, wenngleich etwas seltsame Dame, gerade in Vorhersicht solcher allgemeinen, versöhnlichen Gestimmtheit zu Sommergewittern einlädt.

Reinhard Lettau

Der kaputte Krug

Es war einmal ein Wasserträger in Indien. Auf seinen Schultern ruhte ein schwerer Holzstab, an dem rechts und links je ein großer Wasserkrug befestigt war. Nun hatte einer der Krüge einen Sprung. Der andere hingegen war perfekt geformt und mit ihm konnte der Wasserträger am Ende seines langen Weges vom Fluss zum Haus seines Herrn eine volle Portion Wasser abliefern.

In dem kaputten Krug war hingegen immer nur etwa die Hälfte des Wassers, wenn er am Haus ankam. Für volle zwei Jahre lieferte der Wasserträger seinem Herrn also einen vollen und einen halb vollen Krug.

Der perfekte der beiden Krüge war natürlich sehr stolz darauf, dass der Wasserträger in ihm immer eine volle Portion transportieren konnte. Der

Krug mit dem Sprung hingegen schämte sich, dass er durch seinen Makel nur halb so gut war wie der andere Krug.

Nach zwei Jahren Scham hielt der kaputte Krug es nicht mehr aus und sprach zu seinem Träger: „Ich schäme mich so für mich selbst und ich möchte mich bei dir entschuldigen.“ Der Wasserträger schaute den Krug an und fragte: „Aber wofür denn? Wofür schämst du dich?“ „Ich war die ganze Zeit nicht in der Lage, das Wasser zu halten, sodass du durch mich immer nur die Hälfte zu dem Haus deines Herrn bringen konntest. Du hast die volle Anstrengung, bekommst aber nicht den vollen Lohn, weil du immer nur anderthalb statt zwei Krüge Wasser ablieferst“, sprach der Krug.

Dem Wasserträger tat der alte Krug leid und er wollte ihn trösten. So sprach er: „Achte gleich einmal, wenn wir zum Haus meines Herren gehen, auf die wundervollen Wildblumen am Straßenrand.“ Der Krug konnte daraufhin ein wenig lächeln und so machten sie sich auf den Weg. Am Ende des Weges jedoch fühlte sich der Krug wieder ganz elend und entschuldigte sich zerknirscht bei dem Wasserträger.

Der aber erwiderte: „Hast du die Wildblumen am Straßenrand gesehen? Ist dir aufgefallen, dass sie nur auf deiner Seite des Weges wachsen, nicht aber auf der, wo ich den anderen Krug trage? Ich wusste von Beginn an über deinen Sprung. Und so habe ich einige Wildblumensamen gesammelt und sie auf deiner Seite des Weges verstreut. Jedes Mal, wenn wir zum Haus meines Herrn liefen, hast du sie gewässert. Ich habe jeden Tag einige dieser wundervollen Blumen pflücken können und damit den Tisch meines Herrn dekoriert. Und all diese Schönheit ist allein dir zu verdanken."

Weisheitsgeschichte

Aus der Not eine Tugend machen

Eine schöne grüne Oase sah um sich und erblickte nichts als elende Wüste ringsumher. Vergebens suchte sie nach ihresgleichen. Da brach sie in heftiges Klagen aus: „Ich unglückliche, einsame Oase. Allein muss ich bleiben. Nirgends meinesgleichen. Nirgends auch nur ein Auge, das mich sähe und Freude hätte an meinen grünen Wiesen, rauschenden Quellen, fruchtbaren Palmbäumen und bunten Sträuchern. Nichts als traurige, sandige, felsige, leblose Wüste umgibt mich. Was helfen mir alle Vorzüge, Schönheiten und Reichtümer in dieser elenden Verlassenheit?"

Da sprach die alte graue Mutter Wüste: „Mein Kind, wenn das anders wäre, wenn ich nicht die traurige dürre Wüste wäre, sondern blühend, grün und belebt, dann wärst du keine Oase, kein besonderer Fleck, von dem noch in der Ferne der Wanderer rühmend erzählt, sondern du wärst nur ein einziger Teil von mir und als solcher verschwindend und unbemerkt. Darum also ertrage in Geduld, was die Voraussetzung für deine Besonderheit und deinen Ruhm ist!“

Arthur Schopenhauer

Sommerfrische

Zupf dir ein Wölkchen aus dem Wolkenweiß,
Das durch den sonnigen Himmel schreitet.
Und schmücke den Hut, der dich begleitet,
Mit einem grünen Reis.

Verstecke dich faul in die Fülle der Gräser.
Weil's wohltut, weil's frommt.
Und bist du ein Mundharmonikabläser
Und hast eine bei dir, dann spiel, was dir kommt.

Und lass deine Melodien lenken
Von dem freigegebenen Wolkengezupf.
Vergiss dich. Es soll dein Denken
Nicht weiter reichen als ein Grashüpferhupf.

Joachim Ringelnatz

Wo Glaube, da Liebe,
wo Liebe, da Friede

Nächstenliebe

Die Nächstenliebe leugnet keiner,
doch ist sie oft nur leerer Wahn,
das merkst am besten du in einer
stark überfüllten Straßenbahn.
Du wirst geschoben und musst schieben,
der Strom der Menge reißt dich mit.
Wie kannst du da den Nächsten lieben,
wenn er dir auf die Füße tritt?!

Heinz Erhardt

Zwölf Uhr mittags

Dem Pfarrer einer Stadt im Ruhrgebiet fiel ein alter, bescheiden wirkender Mann auf, der jeden Mittag die Kirche betrat und sie kurz darauf wieder verließ. So wollte er eines Tages von dem Alten wissen, was er denn in der Kirche tue. Der antwortete: „Ich gehe hinein, um zu beten."

Als der Pfarrer verwundert anmerkte, er verweile nie lange genug in der Kirche, um wirklich beten zu können, meinte der Besucher: „Ich kann kein langes Gebet sprechen, aber ich komme jeden Tag um zwölf und sage: ‚Jesus, hier ist Johannes.' Dann warte ich eine Minute und er hört mich."

Einige Zeit später musste Johannes ins Krankenhaus. Ärzte und Schwestern stellten bald fest, dass er auf die anderen Patienten einen heilsamen Einfluss hatte. Die Trostbedürftigen fühlten sich getröstet und die Traurigen konnten auch mal lachen.

„Johannes", bemerkte die Stationsschwester irgendwann zu ihm, „die Männer sagen, du hast diese Veränderung bewirkt. Trotz deiner schweren Erkrankung bist du immer gelassen, fast heiter." „Schwester", meinte Johannes, „dafür kann ich nichts. Das kommt durch meinen Besucher."

Doch niemand hatte bei ihm je Besuch gesehen. Er hatte keine Verwandten und auch keine engeren Freunde.

„Dein Besucher", fragte die Schwester, „wann kommt der denn?"

„Jeden Mittag um zwölf. Er tritt ein, steht am Fußende meines Bettes und sagt: ‚Johannes, hier ist Jesus.'"

Weisheitsgeschichte

Verantwortung

Vor langer Zeit, da sah ein Mann im Wald einen Fuchs, der alle vier Beine verloren hatte. Und er wunderte sich, dass das Tier, das keine Beute mehr jagen konnte, noch lebte. Doch dann erblickte er einen Tiger, der Wild gerissen hatte. Nachdem er sich satt gefressen hatte, überließ er den Rest der Beute dem beinlosen Fuchs. Anderntags ernährte Gott den Fuchs abermals mithilfe des Tigers.

Der Mann war erstaunt über die Güte und Sorge Gottes gegenüber dem beinlosen Fuchs. Bei sich sagte er: „Auch ich werde mich in einer gemütlichen Ecke ausruhen und den Herrn für mich sorgen lassen. Wenn ich nur Vertrauen habe, wird er mir schon das Nötige geben." Viele Tage vergingen, aber es geschah nichts und der Mann saß immer noch in seiner Ecke. Er war dem Hungertod nahe. Da vernahm er eine Stimme: „Du bist auf dem falschen Weg. Folge dem Beispiel des Tigers und nimm dir nicht den Fuchs zum Vorbild!"

Später traf der Mann auf der Straße ein kleines frierendes Mädchen. Es zitterte in seinem dünnen Kleidchen und hatte schon lange nichts mehr zu essen bekommen. Da wurde der Mann zornig und beklagte sich bei Gott: „Wie kannst du das zulassen? Den Fuchs erhältst du am Leben, aber dieses kleine Mädchen lässt du hungern und frieren. Warum tust du nichts dagegen?"

Eine Weile sagte Gott nichts. Doch in der Nacht antwortete Gott dem Mann: „Ich habe etwas dagegen unternommen, ich habe dich geschaffen!“

Arabische Legende

Der Meister und die Schülerin

Eines Tages kam eine Schülerin zum Meister. Sie hatte schon so viel von dem weisen Mann gehört, dass sie unbedingt bei ihm studieren wollte. Sie hatte alle Angelegenheiten geregelt, ihr Bündel geschnürt und war den Berg hinaufgekommen, was sie zwei Tage Fußmarsch gekostet hatte.

Als die junge Frau beim Meister ankam, saß der im Lotussitz auf dem Boden und trank Tee. Sie begrüßte ihn überschwänglich und erzählte ihm, was sie schon alles gelernt hatte. Dann bat sie ihn, bei ihm weiterlernen zu dürfen. Der Meister lächelte freundlich und sagte: „Komm in einem Monat wieder.“

Von dieser Antwort verwirrt, ging die junge Frau zurück ins Tal. Sie diskutierte mit Freunden und Bekannten darüber, warum der Meister sie wohl zurückgeschickt hatte. Einen Monat später erklomm sie den Berg erneut und kam zum Meister, der wieder Tee trinkend am Boden saß.

Diesmal erzählte die Schülerin von all den Hypothesen und Vermutungen, die sie und ihre Freunde aufgestellt hatten, warum er sie wohl fortgeschickt hatte. Und wieder bat sie ihn, bei ihm lernen zu dürfen. Der Meister lächelte sie freundlich an und sagte: „Komm in einem Monat wieder."

Dieses Spiel wiederholte sich einige Male. Es war also nach vielen vergeblichen Versuchen, dass sich die junge Frau erneut aufmachte, um zu dem Meister zu gehen. Als sie diesmal beim Meister ankam und ihn wieder Tee trinkend vorfand, setzte sie sich ihm gegenüber, lächelte und sagte nichts.

Nach einer Weile ging der Meister in seine Behausung und kam mit einer Tasse zurück. Er schenkte ihr Tee ein und sagte dabei: „Jetzt kannst du hierbleiben, damit ich dich lehren kann. In ein volles Gefäß kann ich nichts füllen."

Weisheitsgeschichte

Hat Gott die Welt regiert?

Der Sekretär Oliver Cromwells wurde zur Erledigung wichtiger Geschäfte von England auf den Kontinent geschickt. Er übernachtete in einer Hafenstadt. Nachts wälzte sich der Mann unruhig in seinem Bett hin und her und fand keinen Schlaf.

Nach alter Sitte übernachtete sein Diener mit ihm im selben Zimmer und der schlief tief und fest. Schließlich weckte der Sekretär seinen Diener auf. Erstaunt fragte der, warum denn sein Herr nach der anstrengenden Reise nicht schlafen könne.

„Ich befürchte, dass auf der Reise einiges schiefgehen könnte", lautete die Antwort. „Und das raubt mir den Schlaf."

Der Diener dachte kurz nach. Dann sagte er: „Mein Herr, darf ich Euch ein paar Fragen stellen? Hat Gott die Welt regiert, bevor Ihr geboren wurdet?"

„Gewiss tat er das."

„Und wird er weiter regieren, wenn Ihr einmal nicht mehr da seid?"

„Sicher wird er das."

„Dann, mein Herr, lasst ihn doch auch heute regieren!"

Weisheitsgeschichte

Alle Dinge sind vergänglich

In einem Zenkloster lebten einst zwei Brüder als Schüler. Zu ihren täglichen Aufgaben gehörte es, das Innere des Tempels zu reinigen. In einem der Räume standen kostbare Gefäße, die mit besonderer Sorgfalt gepflegt wurden.

Eine Schale war besonders wertvoll, weil sie das Meisterwerk eines sehr berühmten Töpfers war, dessen Gefühl für harmonische Formen man im ganzen Land rühmte. Diese Schale zeichnete sich durch außergewöhnliche Schönheit aus. Obwohl Form und Glasur schlicht und einfach waren, strahlte sie etwas aus, das jeden, der sie sah, tief berührte. Um dieser Schale willen hatte das Kloster eine gewisse Berühmtheit erlangt und die Pilger kamen von weit her, nur um einen Blick auf die vollkommene Harmonie und Schönheit der Schale zu werfen.

Eines Tages stieß der jüngere Bruder beim Putzen an die Teeschale und sie zerbrach in tausend Stücke. Ein älterer Mönch, der die beiden beaufsichtigte, schimpfte und klagte über den unersetzlichen Verlust und drohte: „Warte nur, bis der Meister kommt. Bestimmt wird er dich davonjagen.“

Der junge Mönch begann verzweifelt zu weinen, aber sein älterer Bruder tröstete ihn und sagte: „Hab keine Angst, mir fällt schon eine Lösung ein.“

Sorgfältig sammelte er die Scherben ein, steckte sie in die weiten Ärmel seines Gewandes und setzte sich dann vor den Tempel, um auf die Rückkehr des Meisters zu warten. Als dieser schließlich kam, stand er auf, verneigte sich tief und fragte:

„Meister, darf ich Euch einige Fragen stellen?" Der Meister nickte freundlich und blieb abwartend stehen.

„Meister", fragte der Mönch, „müssen alle Menschen dieser Welt sterben?"

„Gewiss müssen alle Menschen sterben. Selbst der erhabene Buddha ist gestorben", antwortete der Meister.

„Und die nicht menschlichen Wesen dieser Welt, müssen die auch sterben?"

„Ja, mein Sohn, alle Wesen sind vergänglich."

„Und wie ist es mit den unbeseelten Dingen und Gegenständen dieser Welt, müssen die auch vergehen?"

„Ja, mein Sohn, alle Dinge, die eine Form annehmen, werden eines Tages wieder vergehen. Das ist das Gesetz des Universums."

„Ich verstehe", entgegnete der junge Mönch, „alles ist vergänglich. Sagt, Meister, ist es dann richtig, wütend oder traurig zu sein, wenn etwas nicht mehr da oder zerbrochen ist?"

„Nein, natürlich nicht", erwiderte der Meister, „es ist töricht, sich gegen eine höhere Ordnung zu wehren. Wahre Demut zeigt, wer die Dinge nimmt, wie sie sind. Aber worauf willst du hinaus?“

Da holte der Mönch die Scherben aus seinem Ärmel und reichte sie dem Meister. Als dieser die Scherben erkannte, stieg Zorn in ihm auf und gerade als er zu schimpfen anfangen wollte, erinnerte er sich seiner eigenen Worte. Und anstatt zu schimpfen, verneigte er sich vor dem jungen Mönch und ein stilles Lächeln überzog sein Gesicht.

Weisheitsgeschichte

Himmel und Hölle

Ein Mann hatte den dringenden Wunsch, einmal Himmel und Hölle kennenzulernen. So träumte er eines Nachts, dass er durch einen großen Raum ging. In der Mitte des Raumes stand ein großer Topf auf einem Feuer, in dem eine köstliche Suppe kochte.

Um den Topf standen Menschen mit ungewöhnlich langen Löffeln. Aber die Menschen sahen mager, blass, gehetzt und elend aus, denn jeder versuchte verzweifelt, sich selbst mit seinem langen Löffel die Suppe in den Mund zu schieben. Welch ein unsinniges Unterfangen!

Die Löffel waren so lang, dass sie überall anstießen und die Speise verkleckerten. Den Weg zum

Mund jedoch fanden sie nicht. Als der Mann den Raum verließ, da sah er über der Türe ein Schild, auf dem stand: „Das ist die Hölle."

Gleich darauf betrat er einen anderen Raum. Dieser unterschied sich vom ersten durch gar nichts. In der Mitte auf dem Feuer stand der Topf mit der köstlichen Suppe. Auch die Menschen um den Topf hatten dieselben langen Löffel. Aber sie sahen alle wohlgenährt und gesund aus, waren freundlich und glücklich.

Denn niemand versuchte sich selbst zu sättigen, sondern benutzte seinen Löffel dazu, die Suppe dem anderen vorsichtig in den Mund zu schieben. Jener wiederum wurde von einem anderen gefüttert. Beim Verlassen dieses Raumes las der Mann auf dem Türschild: „Das ist der Himmel."

Jüdische Legende

Der Samurai

Ein großer Kämpfer kam zu einem kleinen Mönch. „Mönch, lehre mich etwas über Himmel und Hölle."

Der Mönch sah zu dem mächtigen Krieger auf: „Dich etwas über Himmel und Hölle lehren? Überhaupt nichts könnte ich dich lehren! Du bist schmutzig, erbarmungslos und ohne Mitleid. Du bist eine Scham und Schande für alle Kämpfer. Geh mir aus den Augen. Ich kann dich nicht ertragen."

Der Kämpfer wurde zornig. Er zitterte und wurde rot im Gesicht. Er war sprachlos vor Wut. Da zog er ein Schwert und hob es in die Höhe, um den Mönch zu erschlagen.

„Das ist die Hölle."

Der Kämpfer wurde von seinen Gefühlen überwältigt. Dieser kleine Mann war bereit, sein Leben zu opfern, um ihm diese Lehre zu geben und ihm die Hölle zu zeigen! Langsam senkte er sein Schwert, erfüllt von Dankbarkeit und plötzlichem Frieden.

„Und das ist der Himmel."

Japanische Legende

Vertrauen

Es war einmal ein alter Mann, der zur Zeit Laotses in einem kleinen chinesischen Dorf lebte. Der Mann lebte zusammen mit seinem einzigen Sohn in einer kleinen Hütte am Rande des Dorfes. Ihr einziger Besitz war ein wunderschöner Hengst, um den sie von allen im Dorf beneidet wurden. Es gab schon unzählige Kaufangebote, diese hatten die beiden Männer jedoch immer strikt abgelehnt. Das Pferd wurde bei der Erntearbeit gebraucht und es gehörte zur Familie, fast wie ein Freund.

Eines Tages war der Hengst verschwunden. Nachbarn kamen und sagten: „Du Dummkopf, warum hast du das Pferd nicht verkauft? Nun ist es weg, die Ernte ist einzubringen und du hast gar nichts mehr, weder Pferd noch Geld für einen Helfer. Was für ein Unglück!“

Der alte Mann schaute sie an und sagte nur: „Unglück? – Mal sehen, denn wer weiß. Das Leben geht seinen eigenen Weg, man soll nicht urteilen und kann nur vertrauen.“

Das Leben musste jetzt ohne Pferd weitergehen und da gerade Erntezeit war, bedeutete das unheimliche Anstrengungen für Vater und Sohn. Es war fraglich, ob sie es schaffen würden, die ganze Ernte einzubringen.

Ein paar Tage später war der Hengst wieder da und mit ihm war ein Wildpferd gekommen, das sich dem Hengst angeschlossen hatte. Jetzt waren die Leute im Dorf begeistert. „Du hast recht gehabt“, sagten sie zu dem alten Mann. „Das Unglück war in Wirklichkeit ein Glück. Dieses herrliche Wildpferd als Geschenk des Himmels, nun bist du ein reicher Mann ...“

Der Alte sagte nur: „Glück? – Mal sehen, denn wer weiß. Das Leben geht seinen eigenen Weg, man soll nicht urteilen und kann nur vertrauen.“

Die Dorfbewohner schüttelten den Kopf über den wunderlichen Alten. Warum konnte er nicht sehen, was für ein unglaubliches Glück ihm widerfahren war?

Am nächsten Tag begann der Sohn des alten Mannes, das neue Wildpferd zu zähmen und zuzureiten. Beim ersten Ausritt warf ihn dieses so heftig ab, dass er sich beide Beine brach. Die Nachbarn im Dorf versammelten sich und sagten zu dem alten Mann: „Du hast recht gehabt. Das Glück hat sich als Unglück erwiesen, dein einziger Sohn ist jetzt ein Krüppel. Und wer soll nun auf deine alten Tage für dich sorgen?“

Aber der Alte blieb gelassen und sagte zu den Leuten im Dorf: „Unglück? – Mal sehen, denn wer weiß. Das Leben geht seinen eigenen Weg, man soll nicht urteilen und kann nur vertrauen.“

Es war jetzt alleine am alten Mann, die restliche Ernte einzubringen. Zumindest war das neue Pferd so weit gezähmt, dass er es als zweites Zugtier für den Pflug nutzen konnte. Mit viel Schweiß und Arbeit bis in die Dunkelheit sicherte er das Auskommen für sich und seinen Sohn.

Ein paar Wochen später begann ein Krieg. Der König brauchte Soldaten und alle wehrpflichtigen jungen Männer im Dorf wurden in die Armee gezwungen. Nur den Sohn des alten Mannes holten sie nicht ab, denn den konnten sie an seinen Krücken nicht gebrauchen. „Ach, was hast du wieder für ein Glück gehabt!“, riefen die Leute im Dorf.

Der Alte sagte: „Glück? – Mal sehen, denn wer weiß. Aber ich vertraue darauf, dass das Glück am Ende bei dem ist, der vertrauen kann.“

Weisheitsgeschichte

Vertraut

Wie liegt die Welt so frisch und traurig
Vor mir im Morgensonnenschein.
Entzückt vom hohen Hügel schau ich
Ins frühlingsgrüne Tal hinein.

Mit allen Kreaturen bin ich
In schönster Seelenharmonie.
Wir sind verwandt, ich fühl es innig,
Und eben darum lieb ich sie.

Und wird auch mal der Himmel grauer;
Wer voll Vertraun die Welt besieht,
Den freut es, wenn ein Regenschauer
Mit Sturm und Blitz vorüberzieht.

Wilhelm Busch

Auf einen Blick

Kurztext •; 2-3 Min. ••; 3-5 Min. •••; über 5 Min. ••••

Titel **Autor**	**Worum geht es?**	**Vor-lese-zeit**	**Seite**
Aus der Not eine Tugend machen *Arthur Schopenhauer*	Das Klagelied einer Oase	••	105
Sommerfrische *Joachim Ringelnatz*	Über einen Nachmittag auf einer Sommerwiese	•	106
Nächstenliebe *Heinz Erhardt*	Es ist nicht immer leicht, den Nächsten zu lieben.	•	108
Zwölf Uhr mittags *Weisheitsgeschichte*	Über die Wirksamkeit eines kurzen Gebets	•••	108
Verantwortung *Arabische Legende*	Gott überlässt uns Verantwortung für unsere Mitmenschen.	•••	110
Der Meister und die Schülerin *Weisheitsgeschichte*	Eine junge Frau möchte bei einem Mönch in die Schule gehen.	••	111
Hat Gott die Welt regiert? *Weisheitsgeschichte*	Über die Kunst des Loslassens	••	113
Alle Dinge sind vergänglich *Weisheitsgeschichte*	Eine kunstvolle Vase geht zu Bruch.	•••	114
Himmel und Hölle *Jüdische Legende*	Wie es in Himmel und Hölle zugehen könnte.	••	116
Der Samurai *Japanische Legende*	Die Versinnbildlichung von Himmel und Hölle	••	118
Vertrauen *Weisheitsgeschichte*	Über die Schwierigkeit, auf den Gang des Lebens und auf Gott zu vertrauen	•••	119
Vertraut *Wilhelm Busch*	Pure Lebensfreude	•	122

Quellenverzeichnis

Wir danken nachstehenden AutorInnen und Verlagen für die freundlich erteilte Abdruckerlaubnis:

Augustin, Ernst	Der Blitzschlag (Auszug), aus: ders., Die Schule der Nackten. © Verlag C.H.Beck. München (ISBN: 978-3-406-50968-1)
Erhardt, Heinz	Der Hirschkäfer, aus: Das große Heinz Erhardt Buch, © 2009 Lappan Verlag, Oldenburg
Erhardt, Heinz	Nächstenliebe, aus: Das große Heinz Erhardt Buch, © 2009 Lappan Verlag, Oldenburg
Hacke, Axel	Bittere Semmeln, aus: Axel Hacke, Das kolumnistische Manifest, © Verlag Antje Kunstmann GmbH, München 2015
Hacke, Axel	Wie man glücklich wird, aus: Axel Hacke, Das kolumnistische Manifest, © Verlag Antje Kunstmann GmbH, München 2015
Kaminer, Wladimir	Mein Vater und der Krebs, aus: ders.: Ich mache mir Sorgen, Mama, © 2004 Manhattan Verlag, München, in der Verlagsgruppe Random House GmbH
Kishon, Ephraim	Ein junges Reis vom alten Stamm, aus: ders.: Der Blaumilchkanal, © 1975 by Langen-Müller in der F.A. Herbig Verlagsbuchhandlung GmbH, München
Lettau, Reinhard	Einladung zu Sommergewittern, aus: Reinhard Lettau, Schwierigkeiten beim Häuserbauen, © Carl Hanser Verlag, München 1962
Schönen, Michael	Überschrift Doppelpunkt Diktat, aus: ders.: Frohe Kunden, © Fischer Taschenbuch Verlag in der S. Fischer Verlag GmbH, Frankfurt am Main 2007

Valentin, Karl	Kragenknopf und Uhrenzeiger, aus: Karl Valentin: Sämtliche Werke. Band 1, © 1994 Piper Verlag GmbH, München

Leider war es uns trotz sorgfältiger Recherchen nicht möglich, alle Rechtsinhaber ausfindig zu machen. Für Hinweise sind Verlag und Herausgeberin dankbar.